DuMont's Kriminal-Bibliothek

Henry Fitzgerald Heard, 1889–1971. Studium in Cambridge, 1930–1934 Rundfunkkommentator bei der BBC. 1937 Emigration in die USA. Er veröffentlichte unter dem Namen Gerald Heard zahlreiche Bücher über historische, religiöse und sozialwissenschaftliche Themen. Als Henry Fitzgerald Heard wurde er durch drei Kriminalromane berühmt, in denen Sherlock Holmes unter dem Pseudonym Mycroft auftritt.

Der zweite Band seiner Kriminalroman-Trilogie, »Anlage: Freiumschlag«, erschien ebenfalls in der DuMont's Kriminal-Bibliothek (Band 1023).

Herausgegeben von Volker Neuhaus

Henry Fitzgerald Heard

Die Honigfalle

DuMont Buchverlag Köln

Umschlagmotiv von Pellegrino Ritter
Aus dem Amerikanischen von Imke Commichau

2. Auflage 1990

Die Originalausgabe erschien unter dem Titel
»A Taste for Honey« bei Vanguard Press,
Inc., New York, N. Y., als Nachdruck einer Novelle
der Encyclopedia Sherlockiana von Jack Tracy
mit freundlicher Genehmigung von Doubleday & Co.,

Satz: Froitzheim Satzbetriebe, Bonn
Druck und buchbinderische Verarbeitung:
Druckerei »Hermann Duncker«, Leipzig

Printed in the German Democratic Republic ISBN 3-7701-2005-1

Inhalt

Kapitel Seite

Christopher Wood,
einem Weinkenner,
ist diese kleine Lese gewidmet

Kapitel 1

Die einsame Fliege

Jemand hat einmal gesagt, in Wirklichkeit halte das Land genausoviele Schrecken bereit wie jede große Stadt. Tatsächlich habe ich vor nicht allzu langer Zeit einen Roman gelesen, in dem jedes Dorf, mochte es noch so friedvoll aussehen, zu einer kleinen Hölle wurde, in der alle sieben Todsünden gleichzeitig vorkamen. Ich persönlich fand, daß das ziemlicher Unsinn war – eine Fiktion, ausgeheckt von solchen Autoren, die aufs Land gezogen sind, dort alles ungeheuer langweilig finden und darum behaupten müssen, daß sich hinter jedem Scheunentor und jedem Heuhaufen die Abgründe des Verbrechens auftun. Aber ich gebe zu, vor etwa einem Monat mußte ich meine Meinung ändern. Vielleicht hatte ich auch einfach Pech; ich weiß es nicht. Nur eins weiß ich mit Bestimmtheit: Viele Leute würden sagen, ich hätte zumindest in einer Hinsicht Glück gehabt – ich durfte einen sehr bemerkenswerten Mann kennenlernen. Obwohl ich sagen muß, daß ich ihn reichlich eingebildet, wunderlich und seine Gesellschaft ermüdend fand, kann es keinen Zweifel daran geben, daß er ein zuverlässiger Kamerad in der Not ist. Ich muß betonen, man lernt ihn in solchen Situationen besser zu würdigen, als wenn alles seinen normalen ruhigen Gang geht. Tatsächlich bin ich, wie sich noch zeigen wird, nicht sicher, ob er mich nicht in die Traufe brachte, als er mich aus dem Regen holte. Jedenfalls habe ich – vielleicht etwas unhöflich – eine Fortsetzung unserer Bekanntschaft abgelehnt, weil ich meine Ruhe haben will.

Aber ich muß auch einräumen, daß ich nach wie vor seine Geschicklichkeit, seinen Mut und seine Hilfsbereitschaft bewundere. Wegen jenes völlig unerwarteten und – so darf ich wohl sagen – grauenvollen Interesses, das eine bestimmte Person plötzlich für mich an den Tag zu legen beliebte, bedurfte ich einer solch exemplarischen Ausnahme von der üblichen (und äußerst angenehmen) Gleichgültigkeit der meisten Menschen. Doch wie ich schon sagte, vielleicht hätte ich nie erfahren, daß ich eine solch unangenehme Anteilnahme erregt hatte, und die ganze Sache wäre *möglicherweise* an mir vorübergegangen, ohne daß ich mir der Gefahr bewußt geworden wäre, wenn jener wohlmeinende Helfer mir nicht den Abgrund vor Augen geführt hätte, an dem ich unbekümmert entlangging. Und weil mir dieser Abgrund gezeigt wurde, bin ich zweifellos in große Schwierigkeiten geraten. Ich mag's nicht, wenn man mich behelligt. Bei meinen Nachbarn habe ich gern die Sicherheit, daß sie mir nicht in die Quere kommen und daß ich nichts gegen oder – das sollte ich vielleicht hinzufügen – für sie zu tun brauche. Ich muß ganz ehrlich sein, sonst bringt es mich nicht weiter, wenn ich all das hier aufschreibe. Ich nehme an – nein, da gibt's keinen Zweifel: Ich zog aufs Land, weil ich allein und in Frieden gelassen werden wollte. Und jetzt lastet eine solche Bürde auf meinem Herzen – auf meinem Gewissen! Nun, ich muß eben alles niederschreiben; dann werden die Probleme möglicherweise klarer. Vielleicht weiß ich dann ja auch, was ich tun sollte. Schlimmstenfalls bleibt ein Bericht, der auch nach meinem Tod bezeugt, wie wenig man mich eigentlich verantwortlich machen kann und wie sehr mir die ganze Angelegenheit in Wahrheit aufgezwungen wurde.

Wie ich schon sagte, ich bin aufs Land gezogen, weil ich es gern ruhig habe. Ich konnte mich stets wunderbar selbst beschäftigen. Wenn man ein so glückliches Naturell hat und die finanziellen Möglichkeiten es erlauben, sich mit all den Dingen zu umgeben, die man zum Vergnügen braucht – na ja, dann sind Menschen eher lästig. Dann ist man auf dem Land gut aufgehoben, und »Besuche unerwünscht« steht als Wahlspruch über der Tür. Wenn ich mich an mein Motto gehalten hätte, wäre ich auch heute noch genauso glücklich. Ich kann alles und nichts – wenn man so will, bin ich eine verspielte Natur. Ich werkele im Garten herum, obwohl ich den Stengel einer Blume kaum von ihrer Blüte unterscheiden kann; ich amüsiere mich mit meiner Hobel- und Drehbank; ich repariere meine Standuhr, wenn sie das Zipperlein plagt; hingegen falle ich ziemlich auf die Nase, wenn ich mit dem Mechanismus eines Grammophons fertig werden soll. Eins steht fest – ich bin kein Schriftsteller. Ich habe eine saubere Handschrift, da ich jede Schlampigkeit hasse. Aber grundsätzlich vertreibe ich mir lieber die Zeit damit, irgendwelche Dinge herzustellen, statt sie zu beschreiben oder mir gar auszumalen, wie andere Leute denken oder handeln könnten.

Ich besitze ein paar nette Bücher mit hübschen Abbildungen. Ich interessiere mich ein bißchen für Architektur, Malerei, ja, für alle schönen Künste. Und wenn man diese wunderbaren modernen Bücher hat, braucht man nicht überall herumzureisen und sich dabei Museumsplattfüße, Galeriekopfschmerzen und Besichtigungsblähungen zu holen. Man kann sich an Reproduktionen ebensogut wie an Originalen erfreuen, wenn man bedenkt, was die bloße Betrachtung der Originale an Ermüdung und Geld kostet. Abends blättere ich gern die Bildtafeln und Photographien durch, sehe mir erst eine Kathedrale an und dann – was bloß die Mühe des Umblätterns erfordert – das dort aufbewahrte Meisterwerk der Malerei, das der Photograph bei gutem Licht zu sehen bekam, der Besucher jedoch nicht. Schließlich betrachte ich eine Inschrift, die sich völlig der Sichtweite des armen Touristen entzieht, auch wenn er feldstecherbewaffnet noch so halsbrecherisch danach späht.

Ab und zu lese ich einen Roman, aber die Geschichte muß nett und leicht sein und ein Happy-End haben. Ich hatte nie den Wunsch zu heiraten. Und was ich zu erzählen habe, sollte jedem eine Warnung sein. Aber ich denke gern – dachte gern, sollte ich vielleicht sagen – an Menschen, die gut miteinander auskommen. Wahrscheinlich ging ich davon aus, sie würden mich nicht belästigen, wenn sie miteinander glücklich wären. Ich liebte wohl dieses Leben aus zweiter Hand – als Widerschein, nicht allzu real. Und nun, wo ich dem Leben direkt ins Auge geblickt habe, kann ich erst recht nicht sagen, ich hätte Unrecht gehabt – auch wenn ich mich unverantwortlich verhalten haben mag.

Nun, ich darf nicht noch mehr Zeit an mich selbst verschwenden, auch wenn man in einem Bericht wie diesem vielleicht doch einen Eindruck von seinem Verfasser bekommen sollte und davon, was ihn veranlaßte, seine Geschichte niederzuschreiben. Mein Name – ich glaube, danach fragen sie immer zuerst – ist Sydney Silchester. Mein Alter spielt keine Rolle – obwohl ich annehme, *das* würden sie auch ausgraben, wenn sie erst einmal dieser ganzen Sache auf die Spur kämen. Was für einen Unterschied es allerdings ausmachen soll, ob ich nun dreißig oder fünfzig bin, kann ich nicht erkennen. Die Zuordnung zum ›gesetzten Alter‹ kommt mir in den Sinn, und sie wirkt treffend. Denn ganz bestimmt bin ich nicht mehr in meiner Sturm- und Drangzeit – und war das übrigens nie. ›Wirkt älter, als er ist‹, pflegten sie zu sagen; und jetzt, glaube ich, eher jünger. Aber bin ich eigentlich noch länger ›gesetzt‹? Hätte ich mich ›gesetzt‹ verhalten, wäre ich sicherlich nicht in die ganze Angelegenheit verwickelt worden! Die Erinnerungen daran drehen sich unaufhörlich in meinem Kopf wie das Laufrad eines Hamsters. Ich bin wirklich besorgt, schockiert, ja, verängstigt. Deshalb fällt mir auch das Schreiben schwer. Trotzdem: alles zu Papier zu bringen, wird mir helfen. Also werde ich es denn endlich aufschreiben und nicht länger herumstottern, als wollte ich irgend jemandem irgend etwas verschweigen.

Wie ich schon sagte, fing alles damit an, daß ich meine eiserne Regel brach – eine Regel des dörflichen Zusammenlebens, an die sich übrigens alle Bessergestellten halten: für sich zu bleiben. Irgendwie war es ein unglücklicher Zufall, genauer – es waren zwei Zufälle, die zusammenkamen. Ich mag Honig sehr gern, und eine der Annehmlichkeiten des Landlebens besteht darin, daß man reinen bekommen kann. Ich machte mir zwar nie Gedanken darüber, aber es war schon etwas merkwürdig, daß in meiner Nachbarschaft so gut wie niemand Bienen hielt – sie gediehen einfach nicht, sagten die Leute. Heute wünschte ich, ich hätte mir nicht so viel aus Honig gemacht. Glücklicherweise war ich wenigstens zu faul oder zu sehr mit anderen Dingen beschäftigt, um mich selbst in der Bienenzucht zu versuchen. Ich fand schon immer, daß Bienen lästig sind – wie lästig sie allerdings sein können, hatte ich nie geahnt. Nun, ich hatte herausgefunden, daß es ein Anwesen gab, wo Bienen gehalten wurden und wo man Honig kaufen konnte, ein Haus am Ende des Dorfes. Ich entdeckte es, weil es an einem Wiesenweg lag, wo man nicht wie auf der Hauptstraße Gefahr lief, angehalten zu werden, um sich zwangsläufig den Dorfklatsch anzuhören. Ich hatte niemals die Absicht, als Einsiedler zu leben – ich wollte bloß keine Freunde, hatte keine Zeit für sie. Das Ehepaar, das dort draußen wohnte, schien ebensowenig wie ich daran interessiert zu sein, einen kleinen Geschäftsabschluß als Brückenkopf für eine Unterhaltung zu nutzen, die dann wieder zu einem Besuch führen mußte. Dies schien mir ein deutlicher zusätzlicher Vorteil zu sein. Die Leute hießen Mr. und Mrs. Heregrove. Wenn ich meinen monatlichen Bedarf abholte, begegnete ich mal ihm, mal ihr. Das Haus war nicht gerade klein, aber auch sie schienen niemals Gäste zu haben. Soweit ich weiß, versorgten sie Haus, Gärten und Pferdekoppel selbst. Als ich sie die ersten paar Male besuchte, können sie noch einen Knecht gehabt haben. Später habe ich außer ihnen mit Sicherheit nie jemanden auf ihrem Grundstück gesehen. Wenn ich Freunde gesucht hätte, wäre meine Wahl wohl kaum auf Leute ihres Schlages gefallen. Ich hasse Unordnung.

Mrs. Heregrove begegnete ich zuerst – oder, um es ganz präzise auszudrücken, ich hörte sie vielmehr, bevor ich sie oder ihren Mann sah. Sie hatte eine unangenehm durchdringende Stimme und gebrauchte sie auf eine Art und Weise, daß sie offenbar nicht hören konnte, wie ich an der rostigen Türschelle klingelte. Es hat mich noch nie gereizt zu lauschen. Anderer Leute Angelegenheiten wirken sowieso immer schon langweilig genug, wenn man sich davon erzählen lassen muß und Mitgefühl zeigen soll. Das bißchen Geduld, über das ich verfüge, hebe ich mir lieber für solche Gelegenheiten auf. Als die unangenehme Stimme zum drittenmal in eine zweifellos gespannte herausfordernde Stille hinein fragte, was er zu tun gedenke und ob er eigentlich vorhabe, weiter von ihrem Geld zu leben, bis sie beide verhungerten, und die Frage bestimmt nicht von mir beantwortet oder auch nur gehört werden sollte, klopfte ich mit meinem Stock heftig an die Tür. Eine sofortige Stille war das Resultat, und nach wenigen Sekunden erschien das Gesicht zu der Stimme. Sie paßten zusammen.

»Was ist?« fragte sie voller Mißtrauen.

»Ich möchte Honig kaufen«, antwortete ich sofort. Die Schnelligkeit, mit der Gesichtsausdruck und Tonfall wechselten, belustigte mich.

»Gern; ich habe ihn in Waben und in Gläsern.«

Ich lege mir jeweils einen Monatsvorrat an und bezahle immer bar – ich hasse Rechnungen. Ich sagte der Frau, daß ich ein halbes Dutzend Waben und Gläser möchte, und zückte meine Geldbörse, um zu bezahlen. Sie änderte ihr Verhalten noch schneller. Ihr Gesicht spiegelte eine solche Erleichterung, daß es fast hübsch wurde. Sie lief hinein, und ich blickte in eine schäbige Diele. Kurz darauf kam sie mit den Waben und Gläsern zurück.

»Ich könnte Ihnen einen Korb leihen«, sagte sie und brachte ein Ungetüm aus Weidengeflecht herbei, das mit Draht geflickt war.

»Danke«, erwiderte ich schnell. »Ich werde ihn zurückbringen, wenn ich wieder vorbeikomme.«

Ich hatte Angst, sie könnte das Holen des Korbes als Vorwand für einen Besuch nutzen, der bestenfalls lästig wäre, schlimmstenfalls zu einem Pumpversuch verwendet werden könnte.

Doch sie antwortete: »Ja, tun Sie das, und vielleicht brauchen Sie noch mehr Honig oder können ihn Ihren

Freunden empfehlen.« Dies war unser erstes Zusammentreffen. Ich habe den Korb zurückgebracht und eine zweite Ladung geholt. Und da der Mensch ein Gewohnheitstier ist, wurden die Gänge zur Selbstverständlichkeit. Ich hörte sie niemals wieder streiten.

Einmal bekam ich Heregrove selbst zu Gesicht, während ich wartete. Er wandte sich um und sah mich an. Er nickte nicht einmal, sondern wirkte reichlich mißtrauisch und unfreundlich, obwohl er mich schon oft an der Tür gesehen haben mußte. Ich sagte nichts, und er drehte sich wieder um und ging mit gesenktem Kopf den Weg entlang durch den Garten, der – wie mir einmal mehr auffiel – arg vernachlässigt aussah. Ich beobachtete, wie er am anderen Ende hinausging und die Pferdekoppel überquerte. Dort standen einige baufällige Ställe, die diese Seite der Weide abschlossen. Ich war überzeugt gewesen, daß die Heregroves sie nicht benutzten, aber heute bemerkte ich ein Pferd in einer der Boxen. Heregrove öffnete die Halbtür und verschwand darin. In diesem Moment kam seine Frau mit dem Honig zu mir heraus. Ich erinnere mich deutlich, daß mir dieser Pferdekauf im Kopf herumging. Sie hatten keine Kutsche, überhaupt sah man sie selten außerhalb ihres Grundstücks. Offensichtlich schätzten sie Besuche im Dorf wenig – offene Rechnungen, wie ich vermutete.

Dann passierte das Unglück. Mir ging langsam der Honig aus, und ich dachte daran, in ein, zwei Tagen wieder hinzugehen, um neuen zu besorgen. Das Mädchen, das mein Haus in Ordnung hält, ist ebenso fleißig wie redselig. Mein eisiges Schweigen hatte ihren Redefluß meiner Zufriedenheit für einen langen Winter erstarren lassen – dachte ich. Nun begann er tröpfchenweise aufzutauen.

»Ihr Honig ist fast alle, Sir.«

Mir war klar, das Eis zeigte Sprünge. Unklugerweise entgegnete ich: »Nun, den besorge ich immer selbst, Alice.«

»Ich weiß, Sir.« (Ich begriff, irgendwie mußte ich Eisbrecher gespielt haben). »Se bekommen ihn immer von der armen, guten Mrs. Heregrove.«

Dieses ›arm-gut‹ erkannte ich sofort. Dieses Epitheton kann wie das griechische ›schön und gut‹ ausschließlich als eine Art siamesisches Zwillingspaar benutzt werden; es bedeutet natürlich, daß der so Bezeichnete tot ist. Ich hatte wohl einen Hauch von Interesse oder Überraschung gezeigt, denn jetzt strömte ihre Rede mit der Wucht eines sibirischen Flusses im Frühling.

»Nicht, daß man sich im Dorf aus ihr oder ihm je viel gemacht hätte. Erst hierher kommen und vornehm tun, und dann anschreiben lassen und nie bezahlen. Aber bei Gott, die waren auch ganz schön am Ende, das kann man wohl sagen.«

»Ich würde das nicht«, warf ich ein. »Ich will auf keinen Fall ...«

Meine Wünsche aber, hier gewöhnlich Gesetz, waren jetzt bloß noch die Wünsche eines Lebenden und standen gegen das uralte Recht, die Toten zu beklagen. Der Strom floß weiter.

»Und dieser Heregrove: ›Mister‹ kann man ihn nun doch beim besten Willen nicht nennen. Se war ja ’ne Dame, die auf den Hund gekommen ist, aber er – also, mein Paps hat gesagt, er hat niemals jemanden schlimmere Ausdrücke benutzen hören, nicht mal einen Bierkutscher. Soll ja vor ihrem Ende ihr ganzes Geld ausgegeben haben. Warum se ihn überhaupt geheiratet hat, war jedem hier schleierhaft, aber man hat mal gehört, wie der Pfarrer sagte, daß Heregrove so ’n Gelehrter für irgendwas gewesen is', und Damen sind ja oft komisch in diesen Dingen – nehmen so' n Genie, das sich nicht mal selbst ernähren kann, und lassen einen Kerl laufen, der's ihnen wenigstens besorgen könnte ...«

Alice merkte, daß ihre Zunge sich selbständig gemacht hatte und ihr Gerede nicht nur abschweifte, sondern die Grenze zum ›Undamenhaften‹ erreicht hatte. Mit einem gewaltigen Ruck fing sie sich aber wieder, und noch bevor ich um Schonung für einen schockierten Junggesellen bitten konnte, lief sie auf Hochtouren weiter. Vermutlich habe ich jetzt die Bilder vermischt. Aber mir scheint, daß eine aufgeregt redende Frau alle Merkmale der gewalttätigen, reißenden Kräfte von Natur und Technik in sich vereint. Sie stieß in die unendliche Weite des Todes vor.

»Na ja, nun is' se tot, und das war ganz komisch. Vielleicht wird er fühlen, daß das die Strafe des Herrn ist, aber man kann ja nie wissen. Se tut uns allen jetzt aber leid, die arme, gute Frau. Mrs. Brown, die hat schon Hunderte aufgebahrt, könnte man sagen, und die sagt, das is' ein schönerer Job als der von der Hebamme, Mrs. Smith, denn wir kommen total dreckig auf die Welt und machen weiter Ärger und müssen die Windeln gewechselt bekommen. Aber wenn wir abtreten, sind wir ganz friedlich und machen unsere Sachen nicht schmutzig und können so schön aufgebahrt werden, daß wir wie Statuen aussehen. – Na ja, Mrs. Brown sagt also, es war ein schrecklicher Anblick, se – die arme, gute Mrs. Heregrove – war ganz geschwollen und schwarz überall. Und es stimmt, was se sagt, weil, ich hab' nämlich Mrs. Brown gefragt, ob ich mir die Leiche mal ansehen könnte. Heregrove hatte sich schon wieder davongemacht, nachdem er seinen Anstandsbesuch gemacht und mit Dr. Able gesprochen hatte ...«

Hier unterbrach ich sie.

»Alice« – ich schrie beinah – »ist Mrs. Heregrove an irgend etwas Ansteckendem gestorben? Sollte das der Fall sein ...« Ich wich vor ihr zurück und zog mein Taschentuch heraus.

»Lieber Himmel, nein, Sir. Letzte Nacht war se noch putzmunter. Se is' nicht an 'ner Krankheit gestorben, sondern bei 'nem Unfall, an Stichen. Die Bienen haben se gekriegt. Aber wie das passieren konnte, wenn man bedenkt, daß se lange Zeit fast eine von ihnen war – na, man kann ja nie wissen. Mein Onkel ...«

Die Sturmflut war vorüber, die Neuigkeit heraus. Jetzt würden nur noch Wellen der Erinnerung folgen, die sich langsam verliefen.

Ich drehte mich zur Gartentür um und sagte über meine Schulter: »Wenn Sie das Mittagessen aufgetragen haben, brauchen Sie nicht länger zu warten«, und wartete selbst nicht auf weitere Mitteilungen.

Mrs. Heregroves eigenartiges Ende ging mir nicht aus dem Kopf. Auch wenn es nichts Ansteckendes war – meine Gedanken beschäftigten sich immer wieder mit ihrem Tod, während ich mich um verschiedene kleinere Arbeiten kümmerte. Wie schon gesagt, ich verstand wenig von Bienen, aber mir war selbstverständlich bekannt, daß sie gelegentlich launisch und sogar neurotisch werden konnten wie die meisten alten Jungfern, wenn sie in Massen auftreten. Vielleicht war das ein Grund, warum ich nie selbst welche gehalten hatte. Jetzt mußte ich eine andere Honigquelle finden. Selbst wenn Heregrove im Dorf wohnen blieb, konnte er schlecht weiter Bienen halten. Er mußte seinen Bestand vernichten. Sie würden zweifellos eine Gefahr für ihn bedeuten, und schließlich mochte wohl kaum einer Honig, den eine mörderische Horde produzierte. Allein schon ein

Besuch bei Heregrove brächte das Risiko eines Angriffs mit sich. Ich verspürte starken Widerwillen bei dem Gedanken, zu Tode gestochen zu werden oder überhaupt nur in die Nähe eines Ortes zu gehen, wo mich ein derartiges Verhängnis möglicherweise anfliegen konnte.

Das Problem beschäftigte mich ein paar Tage, teils weil ich sah, wie meine Honigvorräte von Mahlzeit zu Mahlzeit immer knapper wurden, und teils auch, weil ich bei meinen Einkäufen im Dorf nicht vermeiden konnte, wie in einem Händelchor dieselben Phrasen immer und immer wieder zu hören, bis ich die ganze Geschichte zusammen hatte. Unser Dorf ist recht gut mit Läden versehen, beinahe wie eine kleine Stadt, so daß man so gut wie alles bekommen kann, was man wünscht – übrigens auch eine Menge Dinge, nach denen ich kein Bedürfnis habe. Ohne etwas von außerhalb kommen zu lassen, kann ich also fast alles hier erledigen. Die Geschichte war während meiner Einkäufe ständiges Gesprächsthema.

»Dr. Able ist genau so ein Fall schon mal begegnet.« »Dr. Able und der Coroner haben die Sache vor Gericht durchgesprochen.« »Heregrove hat ausgesagt, daß sich die Bienen in letzter Zeit ihm gegenüber gereizt und streitsüchtig verhielten und daß er das seiner Frau gesagt habe.« »Der Coroner sagte, der Fall sei traurig, aber klar: ein Unfall.« »Der Coroner sagte, die Bienen müßten vernichtet werden, und Heregrove meinte, das habe er ohnehin vor.«

Kurz und gut, für mich war die Sache damit erledigt. Ich mußte eben eine andere Versorgungsquelle ausfindig machen. Das führte zu dem zweiten unglücklichen Zufall, meiner zweiten gewagten Honigexpedition, die – das erkenne ich heute – das erste, damals ganz unbewußt eingegangene Risiko erst virulent machte.

Kapitel 2

Der neue Bienenzüchter

Ich mußte also jemand anderen finden, der mir Honig verkaufte. Leute, die Bienen hielten, waren offensichtlich rar – wie rar allerdings, das hatte ich nicht geahnt. Hinzu kam meine Furcht vor Geschäftsverhandlungen mit Amateuren. Sie verstrickten mich kurz oder lang unweigerlich in gesellschaftliche Verpflichtungen, und das hielt mich letzten Endes ab, im Dorf selbst herumzufragen, ob jemand irgendeinen Bienenliebhaber kannte. Ich war entschlossen, einen privaten Händler zu finden, der mich nicht ins Dorfleben hineinziehen würde. Und das Glück (denn dafür hielt ich es) war mir auf Anhieb hold. Aber ›Fortuna‹ ist launisch; das Glück kann schnell wechseln. In diesem Fall erwies es sich letztendlich als Pech. Aber vielleicht sollte ich das Wort gar nicht benutzen – ich mag es nicht sehr. Es hat den Beigeschmack von Aberglauben, und ich bin gerade abergläubisch (und klug) genug, um zu wissen, wieviel wir Menschen nicht wissen. Deshalb lasse ich die Finger von jeglichem Aberglauben. Ich bin noch nicht aus den Schwierigkeiten heraus; sonst wäre ich auch nicht so bemüht, mir in diesem Bericht jeden einzelnen meiner Schritte wieder in Erinnerung zu rufen. Der Himmel allein weiß, wo das alles enden mag. Also werde ich vorsichtig sein und sagen: Das Schicksal war's, das mich die Waller's Lane entlangführte.

Zum Spazierengehen ist dieser Weg jedenfalls sehr schön und einer der am wenigsten überlaufenen. Es gibt dort ein, zwei Häuser, sie stehen jedoch so weit von der Straße entfernt und sind so gut abgeschirmt, daß man sie kaum bemerkt. Mir waren sie nie aufgefallen, mal abgesehen von dem vagen Bewußtsein, daß sich dort einige Behausungen befinden mußten. Das ergab sich zwangsläufig aus dem einen oder anderen kleinen Gartentor, das man hier und da in den hohen verwilderten Hecken sah. Diesen Weg schlenderte ich also entlang und genoß die Ruhe so sehr, daß mein Vergnügen daran zum Selbstzweck wurde. Nach einer halben Meile fällt das Sträßchen ab, und man befindet sich in einem bemoosten Hohlweg, der zu jener Jahreszeit – es war Sommer – einem Garten gleicht. Ich mache mir nichts aus einem weiten Ausblick; das bringt mich irgendwie immer zum Gähnen. Vielleicht bin ich dafür auch zu kurzsichtig. Aber hochansteigende Böschungen, mit blühenden wilden Pflanzen bedeckt, sind meiner Meinung nach die denkbar schönste Kulisse – die sich genau in der richtigen Entfernung befindet, ständig wechselnd und in Augenhöhe.

Zufällig war ich gerade stehengeblieben, um ein paar ungewöhnlich hochgewachsene Löwenmäulchen in voller Blüte zu betrachten, als mein Blick auf etwas fiel, das sich hinter ihnen befand und über sie herausragte. Es war ein kleines Schild, das auf dem Kamm der Böschung durch die Hecke lugte. Zugleich bemerkte ich daneben ein Törchen. Die Schrift auf dem Schild war zu klein, als daß ich sie von meinem Standort aus hätte entziffern können, und so stieg ich unwillkürlich die von Grasbüscheln umsäumten Stufen hinauf. Ich war einfach nur belustigt und erfreut und verspürte keinerlei Vorahnung, als ich in wundervoll geformten, schön dimensionierten lateinischen Buchstaben las: ›Der Besitzer verfügt zur Zeit über einen gewissen Überschuß an Honig und wäre gewillt, sich dessen zu entäußern.‹

Ich glaube, ich sagte schon, daß ich mir auf meine schöne Schrift etwas zugute halte, auch wenn ich kaum schreibe und so wenig wie möglich mit anderen korrespondiere. Unser Zeitalter hält Unleserlichkeit nicht für unhöflich und meisterliche Federführung für keinen Gewinn. Aber ich sah auf den ersten Blick, daß derjenige, der diese Notiz verfaßt hatte, im ›Handgeschriebenen‹ mehr sah als nur die bloße Vermittlung des Wortsinns. ›Der Stil zeigt den Mann‹; schön und gut, die Handschrift aber zeigt den Gentleman. Der Schrift waren, wie das bei allen Aushängen sein sollte, die unvergleichlichen Buchstaben der Trajansäule zugrunde gelegt, aber jeder, der in so sensibler ›Druckschrift‹ und so sicheren Serifen schreiben konnte, würde gewiß auch eine ausgezeichnete Kursive beherrschen. Daß ein mit solcher Sorgfalt geschriebenes Schild in einem moosbewachsenen Weg und darüberhinaus fast außer Sichtweite postiert sein sollte, fesselte meine Neugierde. Und schließlich: hier war mein Honignachschub an so abgelegener Stelle, wie ich es mir nur wünschen konnte.

Kommen drei derartige Umstände zusammen, ist das zumindest eine Erklärung (wenn die ganze Sache letztlich auch unentschuldbar scheint) für meine beispiellose Voreiligkeit. Fast ohne einen Gedanken daran zu verschwenden, welche Aufnahme ich finden würde und in welche Verwicklungen ich dadurch geraten könnte, öffnete ich das Tor, ging einen Weg entlang, der sich durch ein Haselgebüsch schlängelte, und fand mich plötzlich auf einer ›bienenlauten Lichtung‹ wieder, um mit dem ›armen, guten‹ Mr. Yeats zu sprechen. Die dichten Staudenrabatten, die drei Seiten des Rasens einfaßten, lehnten sich an üppige Taxushecken, über deren Rand man Spitzen von Haselnußzweigen sehen konnte. Die vierte Seite der Wiese wurde von einem niedrigen weißen Haus begrenzt, dessen Verandatüren zum Rasen zeigten.

Auf dem Rasen selbst standen in ordentlichen Reihen diese Miniatur-Chalets, die an die Stelle des romantischen, aber – wie ich hörte – unhygienischen Bienenkorbes getreten sind. In der Luft wimmelte es von der Bevölkerung der Häuschen. Eingedenk unserer dörflichen Tragödie stand ich etwas beklommen da und fragte mich, wo wohl nach dem Beschluß dieser eigenartigen Sozialistinnen das unbefugte Betreten ihres Privatgrundes begann und wann sie entschieden, daß mit dem Stop der Honigproduktion und der Vereinigung aller Proletarier zu reagieren sei, um den Ausbeuter anzugreifen. Ich sah so konzentriert nach oben, um abzuschätzen, ob ein Luftangriff drohte, daß ich überrascht zusammenzuckte, als neben mir eine ruhige Stimme sagte: »Die hier sind keine militanten Arbeiterinnen. Ich erziele bis jetzt zumindest für meine Zwecke hinlänglich gute Ergebnisse mit den holländischen Königinnen, also bringe ich die Gemütsart der armen Dinger nicht unnötig durcheinander. Sie sind schon nervös genug, auch ohne sie durch Einkreuzen italienischen Blutes noch erregbarer zu machen.«

Ich drehte mich um und sah in ein gelassenes Gesicht, ein den Parteikämpfen entrückter Dante, wenn ich es mal so ausdrücken darf, ohne hochgestochen zu wirken. Möglich, daß der Gesichtsausdruck kalt war, oder vielleicht wäre es gerechter zu sagen, er war völlig unterkühlt, durch Nachdenken erkaltet, bis alle Stimmungen und Leidenschaften, die die meisten von uns mehr oder minder heiß durchströmen, erstarrt waren – ein Gesicht, das wenig auf die öffentliche, viel aber auf die eigene Meinung geben mochte.

Aber ich sollte wirklich nicht in diesem Stil weiterplaudern. Das ist vermutlich der Fehler des schlechten Schriftstellers – er kann sich nie auf die Fakten beschränken. Vielleicht habe ich all das gar nicht sofort bemerkt. Aber ich weiß genau, ich war beeindruckt; ich erinnere mich daran, daß ich mir sagte: »Wie sehr er Dante ähnelt«. Und dann mußte ich mich bremsen (denn meine Gedanken sind immer sprunghaft, wie jedem Leser klar sein wird, der bis hierhin vorgedrungen ist), weil ich zu spekulieren begann, was ein heute wiedergeborener Dante wohl tun würde, um seinen Besuch in der Hölle abzustatten. Wo würde er wohl den Einstieg entdecken? Im modernen Krieg vielleicht oder in einem Großstadtslum, aber doch wohl kaum auf dem Lande oder in einem Dorf.

»Sie sind mein erster Käufer«, fuhr er fort, denn er sah offenbar, daß meine Gedanken sich selbständig gemacht hatten; auch wollte er mir wohl die Befangenheit nehmen. »Nett von Ihnen, daß Sie den weiten Weg von Ihrem Haus herübergekommen sind.«

»Sie kennen mich also«, unterbrach ich ihn. »Ich gehe nicht oft ins Dorf, habe dort keine Freunde und kann mich nicht erinnern, Ihr Gesicht schon mal gesehen zu haben. Sie sind neu hier, nicht wahr? Ich gehe diesen Weg häufig, wüßte aber nicht, daß ich vorher schon mal das Schild gesehen hätte, das der Anlaß meines Besuchs ist.«

»Das hat auch sonst niemand bemerkt«, antwortete er. »Es hängt da schon ein Weilchen, und ziemlich viele der Dorfhonoratioren sind den Weg entlanggegangen, aber keiner hat sich die Mühe gemacht, die Stufen hochzusteigen, um zu lesen, was darauf steht.«

Diese Bemerkung überraschte mich; irgendwie paßte sie nicht zu ihm. Wenn's vielleicht auch ein bißchen impertinent war, konnte ich nicht widerstehen zu sagen: »Sie passen auf Ihr Schild und den Weg genauso auf wie ein Angler auf Bach und Leine.«

»Das stimmt halb und halb.« Er lächelte, offensichtlich kein bißchen verärgert durch meine persönliche Bemerkung.

Wie dem auch sei, ich dachte, es wäre höflich, wenn ich das Gespräch auf mich zurücklenkte.

»Sie sind mal an unserem Ende des Dorfes gewesen und haben da mein Haus gesehen?« fragte ich.

»Ich muß gestehen, nein« antwortete er, wobei er wieder lächelte. »Wissen Sie«, fügte er hinzu, »ich war eine Zeitlang mit dem Einzug beschäftigt, und wie Sie bin ich nicht aufs Land gezogen, um Gesellschaft zu haben, sondern um endlich einmal all meinen Interessen nachgehen zu können, was die Stadt mit all ihren Ablenkungen nie richtig zuläßt.«

»Aber, woher ...?«

»Na ja«, kam er mir freundlich zuvor, »es gibt so viele verschiedene Wege, an Informationen zu kommen, daß ich mir im Laufe meines Lebens manchmal überlegt habe, man sollte es sich zur Maxime machen, wenig zu fragen – denn Fragen, darin sind wir beide der gleichen Meinung, verletzen immer – und sei es nur ein klein wenig – die Privatsphäre, die wir beide so ungeheuer schätzen.«

Ich mußte unwillkürlich darüber schmunzeln, wie er meine Gedanken gelesen hatte, und er lächelte auch, wenn auch nicht mit seinen schmalen Lippen, so doch zumindest mit den Muskeln um seine wachen Augen.

»Keinem«, fuhr er fort, »der sich nur ein klein wenig Mühe gegeben hat, seiner Umgebung nicht unachtsam gegenüberzustehen, kann entgangen sein, wieviel von unserer Vergangenheit und von unserer angestammten Umgebung wir immer mit uns herumtragen, gleichgültig, wohin wir gehen. Ich bin kein Geologe, aber Bodenarten gebührt immer ein bißchen Aufmerksamkeit. Dieses Dorf ist wie viele andere in England ein Puzzle aus Erdsorten. Übrigens sagt uns das etwas über die Vergangenheit. Unsere Vorväter haben diese Siedlungen angelegt, um vom Boden zu leben, nicht um sich aus der Stadt zurückzuziehen. Dafür muß es Wasser, Wald- und Ackerland geben: Wälder für den Brennstoff und für Bucheckern und Eicheln zur Schweinemast, gute Böden für reiche Ernten und vor allem gutes Wasser. Um all das bekommen zu können, muß man dort leben, wo die Bodenschichten von Wasseradern durchzogen sind, um dem Menschen ein Stückchen von all dem zu geben, was er will.

Sie leben dort, wo die Lehmböden des Dorfes sind; hier sind wir dem leichten Heideboden näher. Sie haben kleine Flecken von getrocknetem Lehm an Ihrer Hose. Ein Hinweis führt zum nächsten. Ich hätte wohl diesen ersten Anhaltspunkt, der mir Ihren Wohnort mitteilt, gar nicht aufgegriffen, wenn er mir nicht auch den zweiten Hinweis hätte geben können – daß Sie allein leben und es gar nicht gern haben, wenn man sich allzu energisch um Sie kümmert; Sie fühlen sich nämlich allein am wohlsten.«

»Aber warum . . .?«

»Warum das schön geschriebene Schild«, fiel er mir ins Wort, »das Passanten zum Kauf auffordert und dennoch gerade außerhalb der normalen Sichtweite postiert ist? Ein Experiment. Das Dorfleben, darin stimmen wir beide überein, ist ein Problem. Frei – schon, aber mit der Gefahr, diese Freiheit sogar noch schneller einzubüßen als beim Leben in der Stadt. Ein Forscher braucht aber keine völlige Abgeschiedenheit. In der Tat habe ich während meiner Arbeit oft festgestellt, daß es hilft, ein Problem mit einem interessierten, aber weniger darin verbissenen Gesprächspartner zu diskutieren. Manche Denkschritte können im Gespräch viel schneller durchgespielt und überprüft werden, als wenn man sie aufschreibt, und oft erkennt der Zuhörer, sei er noch so wenig sachkundig, einen Patzer, den man selbst übersehen hat.«

Eine merkwürdig einfache und schlaue Falle, fand ich, die nach dem Prinzip der natürlichen Auslese funktionierte.

»Sie werden jetzt denken, ich behandele meine Nachbarn wie Beutetiere und Sie seien mir ins Netz gegangen. Aber möglicherweise brauche ich Hilfe bei einem Problem, das den richtigen Mann genauso interessieren dürfte, wie es mich fesselt. Ich bin kein Imker und möchte mit solchen Spezialisten auch nichts zu tun haben. Ist Ihnen das Diktum Henry Fords geläufig: ›Ein Spezialist ist jemand, der einem ständig sagt, was nicht geht‹? Ich habe festgestellt, daß das in der theoretischen wie in der angewandten Wissenschaft zutrifft – es gibt immer jemanden, der einem sagt, das sei alles schon herausgefunden worden, da gebe es kein weiteres Geheimnis und nichts mehr zu entdecken.«

»Sie betreiben Bienenforschung«, unterbrach ich ihn, »aber ich will bloß deren Honig!«

»Den sollen Sie auch bekommen; aber lassen Sie mich ausreden. Wenn Sie danach nur mein Kunde und nicht mein Bekannter werden wollen, kann ich Ihnen regelmäßig ein Paket mit Honig vorbeibringen lassen, und Sie brauchen keinerlei weitere Unterhaltungen zu befürchten. Ich bin in diese Gegend gekommen, um Bienen zu studieren. Honig ist für mich einfach ein Nebenprodukt, das ich loswerden muß. Ich bin kein Anhänger von Maeterlinck! Ich denke, er überschätzt die Intelligenz von Bienen enorm. Jedenfalls bin ich nicht an der Form ihrer Intelligenz interessiert. Mein ganzes Leben lang habe ich menschliche Intelligenz nicht anhand der Bücher oder der Worte beurteilt, die sie hervorbringt, sondern anhand der Spuren, die sie hinterläßt. Nun will ich etwas anderes erforschen, aber immer noch anhand seiner Spuren. Ich will wissen, wie Bienen reagieren. Schließlich sind sie soziale Wesen, zum Leben in dichtbevölkerten Städten bestimmt. Aber auch wenn sie uns ähneln, wie anders sind sie doch! Unendlich viele Problemstellungen gibt es da zu untersuchen. Zum Beispiel die spezifischen Blumen, die sie anfliegen, der ihnen eigentümliche Gesichtssinn, mit dem sie derartige Blumen ausmachen können, und die spezielle Sorte Honig, die sie dann liefern. Wir könnten charakteristische Honigmarken von bestimmten Völkern erhalten . . .«

Zwar interessierte mich das schon ein bißchen, viel stärker aber verspürte ich den Wunsch, meinen Honig zu bekommen und dann zu verschwinden.

»Ja«, sagte ich vage, »vermutlich könnte man für hervorragenden Honig ebenso einen Markt finden wie für Markenkonfitüren.«

Er bemerkte meine Unruhe.

»Wenn Sie hereinkommen, mache ich ein Paket für Sie fertig«, sagte er und ging mir voran zum Haus.

Wir betraten einen Raum auf der linken Seite der Diele. Offensichtlich handelte es sich um sein Laboratorium.

»Ich werde Ihnen die Waben und die Gläser gleich bringen«, sagte er. »Entschuldigen Sie, daß ich Sie gelangweilt habe. Doch, doch, und das – ich muß Sie nochmals um Verzeihung bitten – war Absicht. Ist Ihnen Oscar Wildes dümmliche Bemerkung geläufig: ›Ein wahrer Gentleman ist niemals ungewollt beleidigend‹? Ich finde, man könnte zutreffender sagen: Ein gebildeter Kopf langweilt niemals unabsichtlich.«

Die zunehmende Langeweile verflog, und wieder einmal empfand ich eine nicht sonderlich angenehme Überraschung. Man wird sehr förmlich, wenn man ein bißchen erschrocken ist.

»Ich fürchte, ich verstehe nicht ganz, Mr. ...?«

»Mycroft, wenn Sie wollen«, antwortete er mit dem für ihn typischen Lächeln, das wirklich entwaffnend war. »Die Wahrheit ist«, fügte er hinzu, »ich habe mein Schild zunächst tatsächlich als eine Art Wette mit mir selbst aufgehängt, ob es mir wohl gelänge, in diesem Dorf noch einen Sonderling wie mich zu finden – keinen Spezialisten, jemand Unkonventionellen. Ich gebe zu, ich fand fast noch schneller als Sie heraus, daß ich meine Wette verloren hatte.«

»Warum haben Sie dann weitergeredet?« fragte ich giftig.

»Kommen Sie bitte hier herüber«, entgegnete er beinahe im Befehlston. Seine Hand ruhte auf einem glokkenförmigen Glassturz, der ein quadratisches Stück Papier bedeckte, auf dem etwas Kleines lag. Fast unwillkürlich trat ich auf seine Anordnung hin vor und konnte nun erkennen, was es war.

»Eine tote Biene?« fragte ich ein wenig herausfordernd. Er hob den Glassturz hoch und gab mir eine große Lupe. Als ich sie ergriff, nahm er mit einer Pinzette eine weitere tote Biene von der Fensterbank und legte sie neben die erste auf das Papier.

»Würden Sie bitte die beiden Körper einmal durch das Vergrößerungsglas genau betrachten?«

»Für mich sehen sie nicht sehr verschieden aus«, antwortete ich gerade, als sich unter der Lupe die Pinzettenspitze der einen Biene näherte und auf ihren Hinterleib drückte. Der Körper wölbte sich ein wenig, und man konnte deutlich sehen, wie sich der säbelförmige Stachel herausschob und wieder zurückglitt, sobald der Druck nachließ. Bevor ich fragen konnte, was dieses wenig erhellende Experiment brächte, schnellte die Pinzettenspitze auf den Leib der anderen Biene zu, drückte ihn auf die gleiche Weise nieder, und der Stachel kam hervor – aber was für einer! Er krümmte sich so weit, daß es schien, er würde den Chitinpanzer um den Brustkorb des toten Insekts durchbohren.

Die Stimme neben mir sagte: »Hier haben wir ein hübsches Problem. Die zweite ist natürlich eine italienische – ohnehin aggressive Bienen, aber nachdem ich diesen Körper sorgfältig mit dem einer durchschnittlichen italienischen Biene verglichen habe, denke ich, das hier ist eine spezielle Abart. Was ihre Psyche angeht, war sie zweifellos bemerkenswert, selbst wenn sie physiologisch – von diesem Stachel einmal abgesehen – normal ist. Sie hatte das Naturell einer Hornisse – sie griff an, bis sie getötet wurde. Natürlich kam sie in einem Schwarm, also habe ich eine ganze Reihe von ihnen seziert. Alle hatten diesen Superstachel. Das war für einen Liebhaber der Bienenforschung schon bemerkenswert genug, aber wohl noch außergewöhnlicher war das Resultat eines kleinen biochemischen Experiments.«

Er wandte sich zu einem Regal und entnahm einem Gestell eine Glasphiole, die nicht dicker war als eine Stricknadel.

»In diesem Röhrchen ist allerhöchstens ein halbes Dutzend Tropfen Gift«, sagte er dazu. »Ich mußte es den Stacheln dieser Bienen entnehmen. Wie notwendig das war, hätte ich vielleicht übersehen, wäre meine arme Dogge nicht hinausgelaufen, als meine Völker angegriffen wurden. Ich selbst hatte mich, als ich sah, was los war, mit Schutzschleier, Handschuhen und einer speziellen Imkerpfeife zur Verteidigung bereit gemacht. Die Eindringlinge kümmerten sich eigentlich gar nicht um uns, so wie wir Menschen in einer Schlacht unsere Munition möglichst nicht an Krähen und Geier verschwenden. Aber eines dieser winzigen Ungeheuer schoß an uns vorbei, nahm den Geruch des Hundes wahr, stieß herab, stach zu, und mein armer Rollo heulte einmal auf und fiel um. Er quälte sich noch eine Weile, nachdem ich ihn hineingetragen hatte. Ich dachte, eine Kampferinjektion würde ihn durchbringen, obwohl seine Schmerzen offensichtlich so groß waren, daß ich ihm eine Kugel durch den Kopf jagen wollte, wenn sie nicht bald aufhörten. Aber plötzlich wurde er starr, seine Zunge hing heraus, und er war tot.

Ich hatte die Gelegenheit, mich einige Jahre mit Toxikologie zu beschäftigen. Das einzige Gift, das man diesem hier bezüglich der Intensität der Wirkung zur Seite stellen kann – auch wenn es selbstverständlich chemisch auf der Ameisensäuregruppe basiert –, ist das unvergleichlich giftige Sekret zweier Spinnen: der kleinen gelben, die man im Norden von Queensland antrifft, und der südkalifornischen sogenannten ›Schwarzen Witwe‹. Selbst das Gift der ›Paraponera Clavata‹, der Riesenameise, die kürzlich in Guayana entdeckt wurde und deren Stich für einige Zeit lähmen kann, erreicht nicht die Virulenz dieser Substanz.«

»Aber was wollen Sie mit all dem sagen?«

Es war mehr ein Gefühl als eine klare Erkenntnis, daß die Atmosphäre mehr und mehr unheilschwanger wurde. Ich wollte weg, wünschte, ich wäre nie gekommen; aber andererseits spürte ich, daß, wenn ich jetzt ginge, wo das Problem noch so vage und ungreifbar war, es an mir kleben würde wie ein Bienenschwarm, ein Bienenschwarm, der einen verfolgt und den man nicht abschütteln kann! Seine nächsten Worte bestätigten meine Zweifel und verliehen meinen bösen Ahnungen eine nur allzu unerfreuliche Gestalt.

»Ich erzählte Ihnen, daß ich das Schild aufhängte, um einen Gesinnungsgenossen zu finden; das war der erste Grund für dieses nicht ganz ernstgemeinte Experiment. Nachdem ich aber Besuch bekam, den ich wohl in jeder Hinsicht als unmenschlich bezeichnen darf, erkannte ich, daß ich ein Signal für jemanden hissen müßte, der zwei Eigenschaften aufwies: Er mußte ein ziemlicher Einsiedler sein, so daß er nicht über etwas tratschen würde – etwas, was schon in diesem Stadium den Eindruck erweckte, daß es sich als eine häßliche und schwer kontrollierbare Angelegenheit entpuppen könnte. Und er mußte ein Honigliebhaber sein.«

»Was hat das damit zu tun?« fragte ich ziemlich matt und geistesabwesend. Mein ganzes Denken kreiste um die Erkenntnis, daß ich wie eine Fliege am Fliegenfänger mit jedem Augenblick fester an dieser scheußlichen Angelegenheit kleben blieb.

»Weil Sie bestimmt bemerkt haben, daß die Heregroves die einzigen waren, die in diesem Dorf Honig verkauft haben. Vielleicht läuft das Geschäft nicht gerade gut – Millionär kann man damit wohl kaum werden, aber sie hatten nur das. Also konnte jeder, der für Honig schwärmte und deshalb nicht das Zeug kaufen würde, das sie im Laden anbieten, mir etwas über die Heregroves berichten, weil er bestimmt bei ihnen Kunde war.«

»Aber warum konnten Sie die Heregroves denn nicht selbst aufsuchen oder ganz offen im Dorf Erkundigungen einziehen?« fragte ich mit leichtem Ärger. »Was soll der ganze Hokuspokus mit kleinen Fallen für nichtsahnende Eigenbrötler und so?«

Meine Bemerkungen sollten scherzhaft klingen, in Wahrheit aber wollte ich so unhöflich sein, wie das gefahrlos möglich war, denn ich wurde immer verstimmter über die ganze Sache. Zudem hatte ich (was noch schlimmer war) das Gefühl, auf diese Verstimmung folge womöglich die Entdeckung, daß ich Grund zur Angst haben müsse. Um die Wogen ein wenig zu glätten, fügte ich also hinzu: »Ich muß allerdings zugeben, die Falle hat sauber funktioniert.«

Wieder lächelte er freundlich. An einem konnte kein Zweifel bestehen, dieses Gefühl wurde ich einfach nicht los: Wenn ich schon mit anderer Leute Angelegenheiten in Schwierigkeiten geraten mußte, konnte man sich wohl kaum einen energischeren und fähigeren Mann denken, um sich gemeinsam einem Sturm zu stellen. Selbst heute wünsche ich noch, ich hätte mich aus alledem herausgehalten – aber da gibt es nun einmal das Schicksal, wie ich schon sagte.

»Bezeichnen Sie das nicht als Falle. Nennen Sie es mein S. O. S., auf das Sie in großzügigster Weise reagiert haben.« Seine Stimme behielt ihren gleichmäßigen beruhigenden Klang: »Ich konnte nicht überall im Dorf herumfragen. Das hätte vielleicht Verdacht erregt und mir sicherlich – zutreffende Informationen hin oder her – unerwünschte Verbündete eingetragen.«

Ohne einen vernünftigen Grund beruhigte es mich irgendwie, daß ich implizit als wünschenswerter Bundesgenosse bezeichnet wurde; auch wenn das ja eigentlich bedeutete, daß ich immer mehr auf Machenschaften festgelegt wurde, die ich nicht verstand und die mir einen tiefen, wenn auch vorerst noch nicht begründeten Argwohn einflößten.

»Die Heregroves selbst zu besuchen, kam natürlich nicht in Frage; das ging noch weniger, als mich im Dorf über sie zu erkundigen. Es ist ohnehin völlig klar, was er allein oder gemeinsam mit seiner Frau getan hat. Ich muß allerdings sagen, es ist so bestürzend und hat mich so erschüttert, daß ich wieder Überlegungen angestellt habe, die ich – so glaubte ich – schon für immer verworfen hatte. Heregrove hat eine Biene gezüchtet, um alle anderen Bienenhalter aus dem Feld zu schlagen. Zugegeben, diese Idee klingt weit hergeholt. Ich habe ihre Richtigkeit allerdings nachweisen können. Ich fand inzwischen heraus, daß bis vor wenigen Jahren in dieser Gegend ziemlich viele Leute Bienen hielten. Heute kann man, wie Sie ja wissen, nirgends im Ort Honig bekommen.«

»Aber«, unterbrach ich ihn (denn ich muß zugeben, mein Interesse an dieser außergewöhnlichen Geschichte, die so verrückt, böse und lächerlich klang, besiegte langsam die Sorge um mich selbst), »aber was für ein Wahnsinnsaufwand an Energie und Einfallsreichtum, bloß um in Ashton Clearwater das Honigmonopol zu übernehmen.«

»Ja, das fand ich auch, und das verwirrte mich«, erwiderte er. »Natürlich sind Erfinder ein unberechenbarer Menschenschlag. Um eines Experimentes willen würden sie sich ruinieren, und für eine Entdeckung würden sie beliebig viele Menschenleben aufs Spiel setzen, ihr eigenes mit eingeschlossen. Dennoch stand ich vor einem Rätsel. Nach dem Angriff auf meine Bienenstöcke begriff ich natürlich, daß, ist der Keim zu einer solchen Sache erst einmal angelegt, die Gefahr mit hoher Wahrscheinlichkeit wachsen wird. Imker sind es nicht gewöhnt, andere Leute zu verdächtigen. Heregrove könnte auf diese Sache aus reinem Forscherdrang gestoßen sein und erst dann darüber gegrübelt haben, wie man Geld daraus schlagen könnte. Seine Superbiene hat sich vielleicht auch wie ein Meuchelmörder aus der Renaissance oder ein Frankenstein-Monster verhalten und ist aus eigenem Antrieb zum Töten losgezogen. Das könnte ihn auf die Idee gebracht haben. ›Gelegenheit, oh groß ist deine Schuld. Durch dich allein . . .‹«

»Bitte«, sagte ich, »in diesem Zusammenhang ziehe ich die Psychologie der Poesie vor und Tatsachen allem anderen.«

Er lächelte. »Nun, folgendes kann ich Ihnen mitteilen – die Heregrove-Bienen sind im wahrsten Sinne des Wortes aus heiterem Himmel gekommen. Glücklicherweise sind sie so dumm, daß sie ihm – selbst wenn er sie wirklich losgeschickt hat – hinterher nicht verraten konnten, daß ihre Ausrottungsexpedition fehlgeschlagen war.«

»Warum schlug sie fehl? Wie?« rief ich aus.

»Sie wollen nur die Tatsachen«, sagte er leise lachend, »und keine Theorien. Das reicht natürlich nicht, wenn Sie die Sache wirklich verstehen wollen. Aber die Tatsache bleibt, wovon Sie sich mit Ihren eigenen Augen und Ohren überzeugen können: Die Heimmannschaft hat überlebt.«

»Dann sind sie nicht so lebensgefährlich, wie wir befürchtet haben«, sagte ich mit einem Seufzer der Erleichterung.

»Oh doch«, antwortete er ruhig. »Ich berichtete Ihnen schon, daß ich den ersten Angriff auf mich abschlagen konnte, und als mein armer Rollo gestorben war und ich nichts mehr für ihn tun konnte, wollte ich wenigstens meine Bienen retten. In Bienenschleier und Handschuhe gehüllt, füllte ich meinen Smoker mit besonders starken Raucherzeugern, die ich schon mal eingesetzt hatte, als ich vor langer Zeit unter ähnlichen Umständen angegriffen wurde: Damals dachte ich an einen Unfall, heute aber halte ich es eher für eine vergleichbare Entdeckung – benutzt von einem Mann, der unserem jetzigen Kunden nicht unähnlich war. Entdeckungen werden gewöhnlich zweimal gemacht und fallen oft in die falschen Hände oder sind sogar Erfindungen der falschen Leute.«

»Aber genügte der Rauch?«

Ich wollte, daß er mit seiner Geschichte vorankam. Alter und langgeschulte Gelassenheit ließen ihn williger als mich die Vergangenheit mit dem gleichen Interesse wie die Gegenwart betrachten. Die Freude an meinem Spaziergang war mir längst verdorben. Ich hatte mein Mittagessen verpaßt und noch nicht einmal meinen Honig gesichert. Tatsächlich hatte ich nur die Absicht zu bleiben, bis ich eruiert hatte, ob der Heimweg ungefährlich war. Ich hatte nicht die Absicht zu gehen, wenn die wenig erfreuliche Aussicht bestand, daß sich an einer friedlichen Stelle der Straße plötzlich ein Summen erhob und man mit rotglühenden Stricknadeln zu Tode gestochen wurde, bevor man auch nur sein Gesicht schützen konnte. Doch ich hatte ebensowenig vor, auch nur einen Augenblick länger von meiner Zeit zu vergeuden, sobald ich sicher sein konnte, daß die Luft – im wahrsten Sinne des Wortes – rein war.

»Oh ja, der Rauch wirkte. Ich wäre vielleicht jetzt nicht hier, wenn es nicht geklappt hätte. Eine der Bienen krabbelte an meinem Bein hoch, und ich konnte sie gerade noch rechtzeitig ausräuchern. Sie sind so aufs Töten fixiert, daß sie sich durch alles durcharbeiten würden. Ich bezweifle, daß Handschuhe lange gegen diese Superstacheln schützen könnten. Selbst normale Bienen haben schon einen unwahrscheinlichen Kampfgeist; wir Menschen wären gegen sie wohl chancenlos, wenn sie auch nur ein Fünftel unserer Größe hätten.«

Er sah meinen immer gelangweilteren Blick, ging zur Tür hinüber und rief: »Mrs. Simpkins, legen Sie bitte noch ein Gedeck auf und rufen Sie uns, sobald das Mittagessen fertig ist.« Dann wandte er sich wieder mir zu: »Sie bleiben doch? Ich will ja nicht unnötig unken, aber ich glaube wirklich, das wäre besser. Sie haben recht, ich habe lange gebraucht, um Ihnen die Lage zu erklären, aber solche Fälle kann man nur begreifen – und bewältigen« (fügte er nach einer Pause hinzu), »wenn man eine Menge Einzelheiten versteht, die auf den ersten Blick unwichtig erscheinen.«

Aus dem hinteren Teil des Hauses hörte ich jammernde, aber andererseits recht beruhigende Klagen.

»Mittagessen, sobald es fertig is'! Und nu is' es schon seit zwanzig Minuten oder länger fertig. Na ja, da is' das Stück kalter Lachs, und die Rebhuhn-Pastete is' aufgewärmt auch ganz gut. Gestern hätt' se nich' länger drinbleiben dürfen, aber heut hat se's gut verkraftet. Kalter Stachelbeerkuchen mit Schlagsahne – hatte nich' erwartet, daß se heut steif würde . . .«

Was da aufgezählt wurde, gefiel meinen Ohren so gut wie meinem Auge – und noch besser meiner Zunge. Mein Gastgeber verstand etwas vom Essen und ebenso vom Wein. Er plauderte über beides, klug und ausgiebig, als wolle er beim Essen nicht ›vom Geschäft‹ reden. Zunächst fiel ich hungrig über das Essen her und teilte seine aufgeräumte Stimmung. Aber nach einiger Zeit ging mir plötzlich auf, wie grausig dies kleine Mahl eigentlich war. Ich saß hier schließlich einem mir Unbekannten gegenüber, der bereits allerlei äußerst unheilschwangere Andeutungen gemacht und mir in dem anderen Raum genügend Gift gezeigt hatte, um mich in weniger als einer Minute eines qualvollen Todes sterben zu lassen – was den Coroner bei der gerichtlichen Leichenschau wohl zudem dazu brächte, meinen Tod hinzunehmen, als wäre mir ein Flohbiß nicht gut bekommen. Beim Gedanken an den Coroner schob ich meinen Teller weg.

»Wenn Sie fertig sind«, sagte mein Gastgeber, wobei er sich erhob, »will ich Sie nicht mehr lang aufhalten. Unsere Unterhaltung sollten wir jedoch zu Ende führen«, fügte er hinzu und sagte dann mit gesenkter Stimme: »Aber außer Hörweite von leicht zu ängstigenden Ohren.«

Wieder war ich eigenartig und ohne einsichtigen Grund verwirrt, ein Gefühl, das immer aufkommt, wenn Freude über eine Schmeichelei sich mit dem Bedenken paart, was die Motive betrifft. Ich war schon hinreichend alarmiert und das mit gutem Grund. Dennoch sagte ich mir abermals: »Besser, du weißt das Schlimmste auch noch. Die Vogel-Strauß-Taktik nützt wenig, wenn du womöglich einen tödlichen Stich in den Rücken erhältst.«

Kapitel 3

Die Fliege soll zur Wespe werden

»Kurz gesagt«, fuhr mein Gastgeber fort, als wir wieder im Laboratorium saßen, wo seine Phiolen und die toten Bienen seinen Worten Nachdruck verliehen, »je mehr ich über Heregroves Arbeit nachdachte, um so sicherer war ich, daß er bei seinen Zuchtversuchen mehr oder minder zufällig auf diese Entdekkung gestoßen war.«

»Aber wie haben Sie den Angriff auf Ihre Bienen abgewehrt? Sind seine denn nicht zurückgekommen?«

»Schon, aber zu dem Zeitpunkt war ich vorbereitet. Darum denke ich – eine Schlußfolgerung, fürchte ich, aber das ist oft alles, was wir haben« (er lächelte mich spöttisch an, und ich befürchtete schon eine neuerliche Wiederholung des bereits Gesagten oder, schlimmer noch, seiner Theorien), »ich denke, Heregrove versteht – mal abgesehen von den biologischen Tatsachen – nicht viel von Bienen. Jedenfalls glaubte ich, er verstünde wenig von der Bienenpsyche, von ihren Verhaltensmustern; auch wenn ich mir selbst heute darin nicht mehr ganz sicher bin. Mit ziemlicher Sicherheit wußte er aber nicht, daß es eine Antwort auf seine Räuberbiene gibt.

Ich habe Ihnen erzählt, daß ich an den Bienen selbst mehr interessiert bin als an ihrem Honig. Kommen Sie einen Moment in meine Bibliothek. Ich kann es Ihnen dort am besten vorführen. Wenn man etwas direkt vor Augen geführt bekommt, spart das oft Zeit«, fügte er mit Rücksicht auf meine Ungeduld hinzu und sagte dann mit einem Hauch von Überlegenheit, der mich gehorchen ließ, weil ich Auseinandersetzungen hasse, »besonders, wenn ein außergewöhnliches Faktum jemandem, der damit nicht vertraut ist, unmißverständlich klar werden muß!«

Am Fenster der Bibliothek hing ein Käfig mit zwei kleinen Vögeln. Ich wollte gerade den Raum betreten und mich in einen Sessel setzen, weil ich im Laboratorium die ganze Zeit höchst unbequem auf einem Experimentiertisch gehockt hatte, als ich plötzlich an der Schulter zurückgehalten wurde.

»Nicht bewegen«, flüsterte mein seltsamer Bienenfreund. »Achten Sie auf die Vögel, und sprechen Sie leise.«

»Was gibt's da zu sehen?«, brummte ich unfreundlicher als beabsichtigt. Dieser ganze Hokuspokus irritierte mich.

»Sie bemerken nichts?« ging das Flüstern weiter. »Selbst wenn Ihre Aufmerksamkeit darauf gelenkt wird?«

»Ich sehe zwei kleine Vögel«, raunte ich zurück, dies lächerliche Spielchen notgedrungen mitmachend. »Und einer sitzt auf der oberen Stange und der andere auf der unteren.«

Wie ein zurückgebliebenes Schulkind wurde ich von einem vollkommen Fremden zur Teilnahme an einem Intelligenztest gezwungen – die alberne Situation ärgerte mich so, daß ich nicht länger flüstern wollte.

Laut fragte ich: »Wären Sie so gut, mir zu erklären, was wir da anschauen und was uns das sagen soll?«

»Nun ja, jedenfalls ist durch Ihre Bemerkung die Vorführung beendet«, sagte er leichthin. »Und, um Ihnen einen Hinweis zu geben: die bekannte Passage aus

›Der Kaufmann von Venedig‹ ›Sieh nur, wie die Himmelsflur‹ bis ›wir können sie nicht hören‹ enthält die Erklärung.« Als er sah, daß ich meinen Ärger kaum noch verbergen konnte, verschwand sein Lächeln, und er fügte hinzu: »Sir, verzeihen Sie einem alten Mann. Es ist nicht Senilität, sondern etwas nahezu aus der Mode Gekommenes – geduldige Gründlichkeit. Als wir hereinkamen, haben diese Vögel gesungen. Das heißt, einer von ihnen – das Männchen natürlich – gab gerade etwas zum besten, und das Weibchen lauschte hingerissen. Nein, Sie sind nicht taub – nur ein unaufmerksamer Beobachter. Man kann sehen, wie der Hals schwillt und wie sein Schnabel sich öffnet. Kein menschliches Ohr – verstehen Sie jetzt den Sinn meines Shakespeare-Zitats? – kann einen dieser Töne wahrnehmen, die sein Weibchen so zu schätzen weiß.«

»Ja, Mr. Mycroft, sicher«, sagte ich ein wenig besänftigt (denn das war ein merkwürdiges Phänomen, von dem ich nie zuvor gehört hatte, und ich mag Merkwürdigkeiten). »Aber was haben diese Vögel mit den Bienen zu tun? Sollen sie die Räuber wegzaubern?«

»Sie sind der Wahrheit ganz schön nahe«, erwiderte er zu meiner Überraschung.

»Wie um alles in der Welt kann ein Vogel, den wir nicht hören können, eine Biene ›wegsingen‹, die vermutlich taub ist? Ich habe von Vögeln gehört, die Bienen fangen, aber ...«

»Bisher kennen wir keinen Vogel, der das leisten könnte. Immerhin waren diese unhörbaren Singvögel unseren Großeltern noch unbekannt. Und heute kennen wir nur einen zaubermächtigen Sänger, der das kann, wonach Sie fragen. Er ist noch bemerkenswerter als ein Vogel. Tatsächlich handelt es sich um einen Nachtfalter, einen Falter, der einen für Menschen unhörbaren Ton hervorbringt. Ich mußte Ihnen die Vögel zeigen, weil ich durch Versuche mit ihnen einen Apparat fand, der uns von nicht geringem Nutzen sein kann. Die Vögel haben mir die ersten Tonaufnahmen geliefert. Als ich heraushatte, wie man das macht, und das Weibchen mir freundlicherweise durch seine ungeteilte Aufmerksamkeit zeigte, daß ich den Ton tatsächlich eingefangen hatte, machte ich mich an die anspruchsvollere Aufgabe, eine viel schwierigere Stimme aufzunehmen und sie an einer viel schwierigeren und heikleren Hörerschaft auszuprobieren.«

Wir waren ins Laboratorium zurückgegangen. Mr. Mycroft, der mich – das muß ich gestehen – mit seinem Interesse angesteckt hatte (denn technische Spielereien finde ich spannend), nahm von einem der oberen Regale etwas herunter, das wie ein kleines selbstgebasteltes, mit einem Barographen kombiniertes Grammophon aussah. Auf der Walze waren zackige Linien, wie ich sie einmal auf einem Erdbebendiagramm gesehen hatte. Neben der Walze befand sich ein Rohr, über dessen Zweck ich mir keinen Reim machen konnte. Er setzte die Maschine in Gang, und die feine Feder begann, eifrig über das Papier zu kratzen, während die Walze sich langsam drehte.

»In diesem Moment hören Sie eine der magischsten Stimmen der Welt«, kommentierte Mr. Mycroft selbstgefällig.

»Sie haben leicht reden«, erwiderte ich bissig.

»Aber da Sie Zitate als Aufhänger für Ausführungen schätzen, kann ich Ihnen eins aus Andersens ›Des Kaisers neue Kleider‹ liefern. ›Aber er hat ja nichts an! rief endlich ein kleines Kind.‹«

»Dickens tut es auch«, kicherte er. »›Ne Mrs. Harris gibt's überhaupt nich‹! Aber die Stimme gibt es, wenn auch nur – wie ich leider sagen muß, ›eingemacht‹, und sie singt in diesem Raum so lange, wie diese Nadelfeder zittert. Sehen Sie mal.«

Er öffnete schnell ein Paneel der Täfelung an der Außenwand und enthüllte damit die gläserne Rückseite eines Bienenstockes. Man sah, wie darin Bienen dicht an dicht über die Wabenrahmen krabbelten. Er ging zum Grammophon und drehte den Trichter, bis er auf die Glasplatte in der Wand gerichtet war. In zwei Schritten war er wieder zurück, ein Griff klappte die Glasplatte weg, und der Stock war der Luft ausgesetzt. Wir hörten, wie das emsige Summen sich zu einem bösen protestierenden Brummen verstärkte. Ich wollte schon zur Tür stürzen, als das Brummen fast noch schneller abbrach, als es sich erhoben hatte. Es war nun allerdings nicht so, daß es wieder zu jenem zufriedenen Arbeitssummen abgeklungen wäre. Vielmehr herrschte Totenstille im Stock – eine Bienenversion vom Dornröschenschloß. Mr. Mycroft griff hinter sich. Das leise Surren der Maschine hörte auf, und mit dem letzten Kratzer der Feder erwachte der Stock wieder zum Leben. Eine Sekunde lang zögerten die Bienen wie ein Theaterpublikum, kurz bevor es aus der Trance erwacht und in Applaus ausbricht. Ihre Ovationen wartete ich jedoch nicht ab. Ohne um Erlaubnis zu bitten, klappte ich die Glaswand zu. Wenige Augenblicke später waren sie mit ihrem Honig – ihrer Obsession – so beschäftigt wie immer.

»Sie hätten noch etwas länger warten können«, bemerkte Mr. Mycroft. »Die sind so betäubt, daß sie in der Regel direkt wieder an die Arbeit gehen – Arbeit ist für alle Arbeiter der beste Weg, unbequemen und verblüffenden Erfahrungen zu entkommen. So habe ich die Räuber in die Flucht geschlagen. Wir haben Horchgeräte gegen Flugzeuge, aber wir müssen noch einen Ton finden, der feindliche Piloten ihre Bombermission vergessen läßt. Als Heregroves Bienen zurückkamen, war ich bereit und hatte meine trichterförmigen Geräuschmusketen gen Himmel gerichtet. Sie stürzten sich herab. Sobald sie in Reichweite waren – die hatte ich durch Versuche mit meinen eigenen Bienen herausgefunden –, erteilte ich meinen lautlosen Befehl zum Rückzug. ›Süß ist vernommne Melodie, süßer doch ist unvernommne‹ – besonders dann, wenn sie die eigenen Völker rettet. Schon kämpften meine Bienen mit den Eindringlingen, aber beim ersten Nadelkratzer auf der Walze sah ich, daß sie voneinander abließen. Meine kehrten auf die Flugbrettchen vor ihren Fluglöchern zurück. Von den feindlichen Bienen setzten sich einige auf Blumen und Bäume, andere auf den Rasen. Bei dieser Gelegenheit sammelte ich genügend Exemplare zur Durchführung der Tests, die ich Ihnen gezeigt habe.«

»Moment mal«, sagte ich. Bis zu diesem Augenblick hatte ich mit offenem Mund wie ein Einfaltspinsel dagestanden, dem eine Erfindung vorgeführt wird, die – soweit er das beurteilen kann – ebensogut auf Zauberei wie auf natürlichen Zusammenhängen beruhen kann. Aber nun bekam ich vertrauten Boden unter die Füße, zumindest allmählich. »Moment mal. Ist da nicht irgendwo ein Fehler in der Sache? Ich interessiere mich auf meine Weise ziemlich für Grammophone und lese manchmal etwas darüber. Soviel ich verstanden habe, kann das gegenwärtig beste Grammophon nicht einmal den höchsten Ton aufzeichnen, der für ein völlig funktionstüchtiges menschliches Ohr wahrnehmbar ist. Was ist denn dann mit diesen Supertönen?«

»Ich bin froh, daß Sie etwas davon verstehen«, erwiderte er, »denn das macht es für mich interessanter,

Ihnen dies geniale kleine Spielzeug zu erläutern. Vielleicht ist Ihnen geläufig, daß Galton eine Pfeife hergestellt hat, deren Ton ein Mensch nicht, ein Hund aber sehr wohl hört. Diese Hundepfeife brachte mich auf die Idee. Das Prinzip, nach dem sie funktioniert, sehen Sie in diesem Rohr verwirklicht, das sich auf der anderen Seite der Maschine neben der Walze befindet. Ich werde nicht ins Detail gehen. In etwa geschieht folgendes: Die Frequenz von Luftschwingungen, zu fein und zu hoch für die gewöhnliche Grammophonaufzeichnung oder Schallplattenwiedergabe, wird für die Aufnahme herabgesetzt und dann durch diesen einfachen, aber genialen Mechanismus entsprechend heraufgesetzt, so daß der hohe zarte Ton wiederhergestellt wird. Das gleiche Prinzip wurde bei Filmen angewandt – man zog durch einen Filter einen Schwarzweißfilm, der alle Grautöne, wenn auch nicht alle Farbwerte des sichtbaren Lichts, aufwies, und dann ließ man diesen scheinbar nur schwarzweißen Film durch einen Komplementärfilter laufen, so daß man einen Farbfilm sah. Das Prinzip wurde ausprobiert, um den Galaempfang für Georg V. in Delhi aufzunehmen, aber bis heute hat es Probleme mit der Farbsynchronisation gegeben. Die Schwierigkeiten mit dem Ton sind nicht so groß, und so überwand ich sie, ohne allzuviel Zeit zu verschwenden.«

»Nun«, gab ich zu, »ich muß sagen, das hat einen genialischen Zug. Aber was ist geschehen, als das Grammophon zu spielen aufhörte? Sie konnten es doch nicht bis zum Einbruch der Dunkelheit laufen lassen?«

»Zugegeben, mir war nicht ganz wohl in meiner Haut. Ich ließ eine ganze Plattenseite ablaufen und fegte währenddessen alle fremden Bienen, deren ich habhaft werden konnte, in einen Sack. Aber abgesehen davon, daß ich sie für Forschungszwecke brauchte, bestand dafür eigentlich keine Notwendigkeit. Dr. Cheeseman hat recht. Wenn die instinktiven Reaktionen eines Insekts vollständig durcheinandergebracht werden, kann es sich anders als wir Menschen nicht wieder sammeln und einfach weitermachen. Es muß an seinen Ausgangspunkt zurückkehren wie ein Mann, der nach einer schweren Gehirnerschütterung häufig an retrograder Amnesie leidet, die manchmal Wochen oder Monate, in einigen gut dokumentierten Fällen sogar Jahre anhält. Daher machten sich die, die ich nicht eingesackt hatte, aus dem Staub, als sie wieder zu sich kamen, und meine eigenen Völker konnten ungehindert weiterarbeiten.«

»Sind sie nie mehr wiedergekommen?«

»Ein oder zweimal. Aber es sieht so aus, als hätten sie eine Art von konditioniertem Reflex aufgebaut.«

»Nun, jetzt werden Sie jedenfalls Ruhe haben. Ich weiß nicht, ob Sie's gehört haben, da wir ja nicht von dem Unglück sprachen, aber auf Weisung des Coroners muß Heregrove seine Bienen vernichten. Wohl spätestens in der nächsten Woche, nehme ich an, wird das Gericht sich davon überzeugen, ob er das getan hat.«

»Ich verstehe mehr von bösen Menschen als von bösen Bienen. Heregrove wird vielleicht seine gegenwärtigen Völker loswerden. Aber lassen Sie sich eins gesagt sein. Die Bienenhaltung wird er nicht aufgeben, und sein neuer Bestand wird nicht harmloser, sondern noch bösartiger sein, wenn er das hinbekommt. Die Macht, die das Böse verleiht, wird einem solchen Mann zur Gewohnheit, er kommt auf den Geschmack. Die Lust daran wächst, und ihr ist schwerer beizukommen als einer Morphinsucht. Ich kenne mich da aus.«

Offenbar sprach er aus Erfahrung. Worin die allerdings bestand, konnte ich nicht sagen. Ich war begieriger, zuerst das Geheimnis um die Bienen aufzuklären.

»Was ist das für ein Ton, der sie gefügig macht?« fragte ich.

»Nun, wie ich schon sagte, bin ich leider nicht in der Lage, Ihnen einen lebenden Sänger zu zeigen. Man kommt heutzutage noch schwieriger an sie heran als an die seltenen Vögel im Nebenzimmer, und sie sind noch sehr viel schwerer zu halten. Ich werde Ihnen aber eine Primadonna in ihrem Sarg zeigen. In der Tat ist das hier die sterbliche Hülle des Tieres, dessen Stimme tausend Mörder in die Flucht schlug und – wie Sie gerade gesehen haben – die fanatischsten Arbeiter der ganzen Welt dazu bringt, die Arbeit niederzulegen und dem Müßiggang zu frönen, solang ihr Gesang die Luft erfüllt.«

Während er eine Pappschachtel herunternahm, die offensichtlich Notizpapier enthalten hatte, fügte er hinzu: »Merkwürdig, in der Vogelwelt und im Tierreich singt das Männchen, und das Weibchen hört zu, aber bei diesen und einigen anderen Motten – wie etwa beim Schillerfalter –, die einen Geruch haben, den wir nicht wahrnehmen können ...« Plötzlich brach er ab. »Ich werd' aber wirklich langsam senil!« rief er aus. »Hätte ich das vor zwanzig Jahren wohl übersehen? Na ja, das ist genau die Art, wie einem ein Traum wieder einfällt. Plötzlich erinnert uns irgendein alltäglicher Vorfall an eine ganze Traumgeschichte, die wir sonst vollkommen vergessen hätten.«

Ich hatte absolut keine Ahnung, wovon er eigentlich sprach, und wartete, während er schnell eine Notiz hinkritzelte.

»Verzeihen Sie!« Er sah auf. »Ich glaube, wenn ich Ihnen das hier zeige, hilft uns das weiter als alles übrige in dieser schätzenswerten Unterhaltung.«

Er öffnete die Schachtel. Darin lag, mit einer Nadel durch den fetten Körper fixiert, ein sehr großer Nachtfalter, der eine seltsame Zeichnung am Kopf hatte. »Es ist der größte aller englischen Nachtfalter und heutzutage sehr selten. Ich habe nur unter großen Schwierigkeiten ein Paar bekommen. Das Männchen ist in einer anderen Schachtel.«

»Eigenartige Zeichnung«, sagte ich.

»Die hat ihm den Namen gegeben«, antwortete er. »›Totenkopf‹. Aber seine wirklich merkwürdige Eigenschaft ist seine unhörbare Stimme. Das Weibchen setzt sie nicht nur ein, um das Männchen anzulocken, sondern auch für einen Zweck, der so seltsam ist wie das Instrument selbst – zur Hypnose von Bienen. Wenn die Bienen auf diese Weise eingeschläfert sind, kann er gefahrlos in ihre Stöcke eindringen und sich an dem Honig vollfressen. Stellen Sie sich mal einen Bankraub vor, bei dem man die Leute mit Gesang in Schach hält – und sich ständig Scheine in den Mund stopfen muß, während die Bankangestellten die ganze Zeit auf dem Sprung sind, mit Messern über einen herzufallen, sobald die Stimme versagt! Wenn es um Phantastik geht, müssen wir den ersten Preis immer der Natur zugestehen. Wir armen Geschöpfe, die sich das Ungewöhnliche auszudenken versuchen, werden jederzeit von der schier unerschöpflichen Phantasie des Natürlichen geschlagen. Na ja, das zeigt also, wie ich Heregroves Angriff abwehrte und, wie ich schon sagte, warum es für ihn unmöglich war herauszufinden, ob seine Torpedos der Lüfte etwas ausgerichtet hatten oder nicht. Er nahm einfach an, kein anderer Bienenhalter würde jemals den Verdacht haben, daß es sich um einen geplanten Angriff handelte; und erst recht wüßte keiner, wie man ihm begegnen sollte.«

»Und nun«, sagte ich bestimmt, während ich mich erhob und zur Tür ging, »bin ich Ihnen sehr verbunden für den äußerst interessanten Besuch. Könnte ich wohl meinen Honig bekommen und nach Hause gehen? Ich nehme doch an, jetzt, wo die Sonne untergeht und Ihre Stöcke sich langsam zur Nachtruhe betten, werden wohl keine von Heregroves Harpyien mehr unterwegs sein, selbst wenn er sie nicht vernichtet hat.«

»Oh, Sie sind völlig in Sicherheit«, erwiderte er. »Die Bienen greifen nur an, wenn sie ihren eigenen Stock schützen oder wenn sie einen anderen ausräubern wollen. Darum sind sie zu mir gekommen. Darin besteht ja Heregroves hübscher kleiner Plan. Sie rotten für ihn alle anderen Konkurrenten aus. Das hier ist wirklich ein Paradefall, wie grausame Instinkte von einer grausamen Intelligenz dazu gebracht werden, Verbrechen zu begehen, ohne sich dessen bewußt zu sein.«

Mich fuchste sein ausschließliches Interesse an seinen lumpigen Bienen und an Heregroves mutmaßlichen Motiven. Ich landete da offensichtlich abgeschlagen auf dem dritten Platz. Da hatte er mich nun einen ganzen Tag unter – wie jetzt klar war – falschem Vorwand aufgehalten. Als er mich vor dem Mittagessen zum Bleiben nötigte, war ich natürlich davon ausgegangen, daß der Heimweg für mich gefährlich werden könnte.

»Warum«, fiel ich ein, »haben Sie mich dann fast den ganzen Tag warten lassen, wenn es vollkommen ungefährlich gewesen wäre, nach Hause zu gehen?« Ich gebe zu, in meiner Stimme klang Ärger, natürlicher Ärger mit.

Er ließ weder Überraschung noch Groll angesichts dieser ziemlich rohen Unterbrechung erkennen.

»Mir war klar, daß Sie nicht einfach meiner Erklärungen wegen bleiben würden«, antwortete er. »Sie haben etwas von der Ungeduld eines gewissen Statthalters Pontius, der ein berühmtes und – wie sich herausstellte –

folgenreiches Gespräch aus vorschneller Ungeduld abbrach, als er glaubte, die Diskussion würde abstrakt. Er fragte einfach ›Was ist Wahrheit?‹, ohne eine Antwort zu erwarten. Da Sie lieber glauben wollten, daß ich Sie in unmittelbarer Gefahr vor den Bienen wähnte, und da Sie nicht begreifen wollten, daß die eigentliche Gefahr für Sie aus Ihrem ungeduldigen Widerwillen resultierte, die allgemeine Natur der Bedrohung zu verstehen, der Sie sich gegenübersehen, ließ ich dieses Mißverständnis Ihren wirklichen Interessen dienen und behielt Sie solange hier, bis ich Ihnen mehr oder weniger ausführlich die Ihren Fall beeinflussenden Faktoren dargelegt hatte.«

Der Tonfall, in dem er das sagte, war in so aufreizender Weise ruhig, daß ich wohl kaum zu sagen brauche, daß seine Erklärung meine Gefühle nicht besänftigte – nervös wie ich bereits war –, sondern den gegenteiligen Effekt erzielte. Zusätzlich zu dem Schaden, den er mir zufügte, indem er meinen ganzen Tag in Anspruch nahm, beleidigte er mich bewußt durch eine unverfroren herablassende Vorlesung über meinen Charakter. Dennoch hielt ich meinen Mund – obwohl mir ganz unangenehm heiß wurde. All das erklärt, wie natürlich mein anschließender und, wie ich noch heute denke, unvermeidlicher Protest war. Er machte eine Pause. Wie ich schon sagte, konnte ich mich nur mit Mühe beherrschen. Er sprach dann gleichgültig weiter, so, als gäbe es nichts, wofür man sich entschuldigen müßte, und so langsam, als hätte er nicht schon genug von meiner Zeit vergeudet.

»Jetzt, wo ich Ihnen den Totenkopf gezeigt habe, sollte ich näher erläutern, was ich eben erzählt habe. Ich weiß, wie impertinent ein Rat von Älteren oder Fremden immer wirkt, und unglückseligerweise bin ich beides, aber dürfte ich Sie wohl darum bitten, Heregrove nicht ohne mich aufzusuchen? Ich würde sehr gern mit Ihnen kommen. Das war in der Tat der letzte Punkt, den ich noch mit Ihnen durchsprechen wollte; ich hatte nicht vor, Sie danach noch länger aufzuhalten.«

Wie hätte ich darüber nicht wütend sein sollen? Ich war wie ein Kind behandelt worden, das man überlisten muß, damit es den Interessen der Eltern dient, und jetzt, wo ich hochgradig und mit vollem Recht verärgert war – als ob das mit der vergeudeten Zeit nicht schon schlimm genug gewesen wäre –, wollte mir dieser alte Schulmeister seine Gesellschaft noch länger aufnötigen und machte doch tatsächlich Anstalten, sogar mein Leben zu organisieren. Was bildete sich dieser fremde Alte eigentlich ein, daß er mir seine Ratschläge aufdrängte und bestimmte, was ich zu tun hätte, wen ich besuchen durfte und unter wessen Schutz? Es war natürlich ganz klar, fand ich, daß er die ganze Zeit herummanövriert hatte, um mich in eine Situation zu bringen, in der ich aus Gründen der einfachen Höflichkeit nicht in der Lage war, sein Ansinnen abzulehnen. Der schlaue alte Sonderling mischte sich wirklich in alles ein. Ich hasse es, wenn man mich verwaltet und manipuliert. Noch viel weniger kann ich es leiden, wenn man mich dazu bringen will, meine Lebensweise zu ändern und genau das zu tun, was ich durch das Leben auf dem Lande gerade vermeiden wollte: Fremde zu einem Besuch bei Bekannten mitzunehmen.

Dieser dämliche alte Kerl glaubte doch tatsächlich in seiner Senilität, überzeugt von seiner eigenen taktischen Finesse, ich würde das nicht durchschauen. Hinzu kam, daß ich auch noch müde war, weil er mich fast den ganzen Tag hingehalten hatte. Ich war so verärgert angesichts einer derart durchsichtigen Kriegslist, die noch zu allem anderen hinzukam, daß ich regelrecht Abscheu vor ihm empfand und – vermutlich als Kontrastprogramm – für Heregrove ein Gefühl entwickelte, das beinah an Solidarität zwischen Clanmitgliedern erinnerte.

Was machte dieser Fremde, diese Klatschbase, dieser Phantast da eigentlich? Erhob alle möglichen Anschuldigungen gegen einen aus unserem Dorf – gegen einen Mann, von dem ich mit Bestimmtheit nur wußte, daß er immer guten Honig zu einem angemessenen Preis verkauft hatte, und dem – armer Kerl – gerade die Frau getötet worden war und das von den eigenen Bienen, die für meinen Honig gesorgt hatten. Es stimmte schon, vielleicht hatte er seine Frau nicht sonderlich geliebt, aber ein englisches Schwurgericht hatte mit vollem Recht entschieden, daß sie das Opfer eines grauenvollen Unfalls geworden war. Selbst jemanden, den man nicht mag, kann man ungeheuer vermissen, und er kann einem sehr leid tun, besonders dann, wenn er plötzlich und auf grauenvolle Weise umkommt. Als ich ein Junge war, hatten wir einen Hund, den ich nie wirklich mochte. Er bellte mich immer an und sprang an mir hoch – was mich erschreckte und schmutzig machte. Aber als ihn ein Auto überfuhr und er als totes Bündel dalag, fühlte ich mich nicht nur ganz elend, sondern ich war wirklich traurig. All diese Gedanken gingen mir natürlich in Sekundenschnelle durch den Kopf. Ich war mit ziemlicher Sicherheit müder, als mir bewußt war.

Mr. Mycroft stand unterdessen mit reichlich dreistem Gesichtsausdruck vor mir. Bevor ich mir die Worte zurechtgelegt hatte, hörte ich mich sagen: »Ich werde für den Honig bezahlen. Ich bin ein absoluter Einsiedler und führe niemals irgend jemanden bei irgend jemand anderem ein. Und was mein Tun und Lassen angeht, dafür habe ich noch nie von irgend jemandem Ratschläge benötigt.«

Ich brach ab. Ich gebe zu, mir fehlte die Courage, Mr. Mycroft in die Augen zu sehen, jetzt, wo ich absichtlich beleidigend war; daher konnte ich nicht beurteilen, wie er es aufnahm. Ich weiß nur, er ging wortlos aus dem Raum. Nach einigen Minuten kam er mit einem säuberlich gepackten Paket zurück, das einen kunstvollen Handgriff aus Kordel hatte, und nannte mir eine lächerlich geringe Summe. Ich kramte etwas herum, und ich fürchte, daß ich beim Bezahlen ein wenig rot wurde.

Er sagte nur: »Die Kordel hält mit Sicherheit. Das spart die Unannehmlichkeit, einen Korb zurückbringen zu müssen.«

Er hielt die Tür auf, und mit einem ziemlich unbeholfenen »Guten Tag« trat ich hinaus, eilte über den inzwischen im Schatten liegenden Rasen auf dem dämmrigen Weg durch die Beete und schließlich in den im Zwielicht liegenden Hohlweg. Meine Nerven müssen wohl überreizt gewesen sein – vielleicht war ich sehr unhöflich gewesen. Die ganze Umgebung erschien mir unangenehm still. Fortwährend gingen mir diese dummen melodramatischen Zeilen aus Coleridges ›Der alte Seemann‹ durch den Kopf:

Ich ging wie einer, dem im Wald
auf dunklem Pfade graut;
Der immer, immer vorwärtseilt,
Und nimmer rückwärts schaut;
Er weiß, ein Feind ist hinter ihm;
Sein Herz schlägt bang und laut.

Ich fühlte mich gar nicht wohl in meiner Haut, bis ich wieder in meinem Wohnzimmer angelangt war, die Lampe angezündet, die Vorhänge zugezogen und die Tür gut verriegelt hatte.

Kapitel 4

Fliege und Spinne

Am folgenden Morgen war ich wieder guter Laune. Im heiteren Tageslicht erschien mir nur eine einzige Sache klar: Indem ich meinen vernünftigen Eingebungen gefolgt war (wenn auch um den Preis kurzzeitiger Unannehmlichkeiten), war ich einem Schicksal entgangen, das sich leicht als eine permanente Belagerung durch einen redseligen, voreingenommenen, spinnerten alten Langweiler hätte entpuppen können. Ich hatte genau das verhindert, was man durch ein Leben auf dem Lande vermeiden will: die Konfrontation mit dem besonderen Schrecken der städtischen Clubs und öffentlichen Parks. Ich hatte reichlich Honig auf Lager. Also verbannte ich das ganze Problem aus meinem Kopf, selbst die Frage, was ich tun würde, wenn meine Vorräte erneut zur Neige gingen.

Scheinbar waren nur wenige Tage vergangen, bis dies der Fall war – tatsächlich muß es sich um einen Monat oder länger gehandelt haben. Ich wollte wohl nicht zur Kenntnis nehmen, daß mir der Honig langsam ausging, denn es war Alice, die mich darauf aufmerksam machte, mich verärgerte. Es war wirklich ihr Fehler. Sie hätte erkennen müssen, daß ich ganz offensichtlich nicht damit behelligt werden wollte. Aber irgendwie, je ärmer und dümmer die Leute sind, um so mehr scheinen sie zu erwarten, daß man selbst einsichtig, rational und vernünftig ist.

»Se ham bloß noch 'n halbes Glas und 'ne Wabe übrig, Sir«, eröffnete sie das Gespräch.

»Ich weiß«, sagte ich, um sie zum Schweigen zu bringen. Das war genauso wirkungslos wie meine Bemühungen, dem Nachruf auf die verblichene Mrs. Heregrove Einhalt zu gebieten.

»Und eigentlich ham Se nich' mal mehr das, Sir: Bei diesem heißen Wetter laufen die Waben nämlich aus.«

Ich grunzte. Menschliche Laute, seien sie noch so verkürzt, schienen bloß Wasser auf ihre Mühlen zu sein.

»Und wo Se neuen herkriegen wollen, is' mir schleierhaft. Jetzt gibt's doch nirgends mehr in der ganzen Nachbarschaft 'nen Bienenstock. ›Ashton ohne Bienen‹ hat mein Bekannter letztens gesagt, und recht hat er. Der is' wirklich 'ne Nummer, der, ›Ashton ohne Bienen‹, ne wirklich.«

Die abgestandenen Witze von Alices Galan nach dem Frühstück aufgetischt zu bekommen, war zuviel.

»Alice«, sagte ich mit einer Bestimmtheit, wie ich sie meiner Erinnerung zufolge schon sehr lange nicht mehr an den Tag gelegt hatte, außer vielleicht bei Mr. Mycroft, als ich mich aus dessen Fangarmen befreite, »Alice, machen Sie bitte mit Ihrer Arbeit voran, und ich komme mit meiner weiter.« Der Frühstückstisch war nämlich erst halb abgeräumt; die eine Hälfte meines Porzellans hatte sich schon ordnungsgemäß auf dem Tablett zum Abtransport in die Küche aufgereiht, während die andere Hälfte noch die Stellung auf dem Tisch hielt.

Worin meine Arbeit bestand – ich hatte aus dem Fenster gesehen, als der Angriff gestartet wurde –, war nicht ganz klar; mein Gefühl sagte mir jedoch, ich sollte meinen Tadel mit dem Hinweis auf unser beider Pflichten mildern, die weitere Zeitverschwendung nicht gestatteten. Doch Alice war gekränkt. Ich war nicht nur einfach grob – das gehörte zu den Rechten eines Arbeitgebers –, nein, ich verhielt mich ›uneinsichtig‹, und das ist nun etwas, was das rustikale Gemüt viel irritierender findet als eine Beleidigung. Die Kränkung führte zu einem weiteren Sturzbach von Worten.

»Nun, Sir, ich war nie eine, die gute Ratschläge verteilt, nich' einmal da, wo's nötig wäre« (schon wieder Ratschläge!), »aber ich dachte mir, is' doch irgendwie echt dumm von Ihnen, nich' für Honig zu sorgen – wo Se den doch so gern mögen und Se den Sachen aus'm Laden nich' recht trauen, wie ich übrigens auch nich'; und ich wollte ja nur sagen – ich wollte ja nich' impernent sein –, ich habe gehört, daß Se vielleicht wieder Honig bei Heregrove kriegen können.«

Ich muß sagen, ich zuckte schon ein bißchen zusammen. Alice wurde zweifellos durch diese Reaktion, die zeigte, daß ihr Angriff mich irgendwie beeindruckte, ermutigt.

»Mein junger Bekannter arbeitet auf den Feldern hinter Heregroves Haus, und er is' sicher, daß er gesehen hat, wie Heregrove wie früher Bienen versorgt hat.«

Ich hätte schon gern mehr erfahren, aber noch viel entschlossener war ich, Alice eine Schlappe zuzufügen, bevor hier für Gespräche nach dem Frühstück ein Präzedenzfall geschaffen wurde.

»Danke, Alice«, sagte ich. »Ich werde mich selbst darum kümmern.«

Ich war kühl und förmlich. Ich war grob. Aber ich war einsichtig. Ich hatte keine ›Meise‹. Die Förmlichkeit spielte deshalb keine Rolle. Sie konnte verletzen, aber der Schnitt war aseptisch. Alice war sichtlich zufrieden. Man hatte zwar nicht zu Ende geplaudert, wie ihr das zweifellos lieb gewesen wäre, aber sie hatte mich dazu gebracht, etwas zu tun. Das war noch viel wichtiger. Die besitzende Klasse war zur Mobilmachung veranlaßt worden. Man hatte mich nötigen können, das Kommando zu übernehmen. So segelte sie auf ihre Weise zufrieden hinaus, und bald drang eine Mischung aus dem monotonen Geleier ›Ich halt's eben aus‹ und dem Geklapper von Steingut durch den Vorhang zur Küche – ein sicheres Zeichen, daß Alice das rührselige Gefühl genoß, sich aufgeopfert zu haben, damit sich jemand anderes unbehaglich fühlt, was – glaube ich – das ganze Leben der fleißigen Armen schmerzlich versüßt.

Als ich begriff, daß Alice gewonnen hatte, war ich nicht sonderlich erfreut. Ich würde etwas unternehmen müssen. Ich konnte und wollte nicht mehr zu der alten Nervensäge in die Waller's Lane zurückgehen. Er wäre zweifellos nur allzu froh darüber, so daß er meinen fruchtlosen Kampf, seinem Griff zu entkommen, gern vergessen würde. Alices Sieg durfte nicht zu einer Schlappe für mich werden.

Folglich blieb nur eins: Ich mußte losgehen und nachsehen, ob das, was Alice über Heregrove gesagt hatte, stimmte – ich mußte das Terrain auskundschaften. Und schließlich, wenn er tatsächlich wieder Bienen hielt, dann war daran nichts Unrechtes. Der verrückte Haufen, der seine arme Frau angegriffen hatte, war selbstverständlich vernichtet worden. Wenn niemand sonst in der Gegend fähig war, Bienen zu halten, warum sollte er's nicht tun? Zweifelsohne war er geschickt – das war alles; er hatte ›ein Händchen für Bienen‹. Diese Epidemien – Faulbrut, Isle-of-Wight-Seuche und so weiter – löschten ständig Völker aus. Ich hatte schon seit langem die Spinnereien des alten Mycroft ad acta gelegt. All das, was er mir vorgeführt hatte, hätte leicht – zu diesem Ergebnis kam ich – von einem schlauen Exzentriker inszeniert werden können. Wahrscheinlich war er einer, mit dem zu verkehren gefährlich war – ein Grenzfall, am Rande zum Wahnsinn. Und was Heregrove anging, war es nicht meine Aufgabe, einen vom Pech verfolgten fähigen Mann zu boykottieren. Wenn es anderen beliebte, das zu tun – nun, alles hat seine guten Seiten, und ich würde davon profitieren, sein einziger Kunde zu sein.

All diese Gedanken gingen mir durch den Kopf – Kleinigkeiten, so mag es scheinen, und zweifellos sind sie es auch. »Warum die ganze Aufregung«, könnte der Leser fragen, »bloß weil der ein Paar Pfund Honig kaufen will?« Ich muß zugeben, tief im Innersten war mir gar nicht wohl. Wenn ich nicht befürchtet hätte, daß Mr. Mycroft lästig, ja zum Eindringling werden könnte, hätte ich dann wohl seine ganze Geschichte als pures Märchen abgetan und mich selbst davon zu überzeugen versucht, daß er nicht mehr ganz beieinander war? Ich verdrängte diesen Gedanken, aber er war da. Die einzige Möglichkeit, ihn loszuwerden, war, hinzugehen und mit eigenen Augen zu sehen, ob Heregrove tatsächlich wieder Bienen hielt, und gegebenenfalls meinen Vorrat aufzufüllen. Um also Scylla zu entkommen – den Spekulationen des alten Mycroft –, steuerte ich direkt auf Charybdis zu, der eigentlichen Quelle all dieser reichlich entnervenden Verdächtigungen.

Wenn man sich entschlossen hat, zum Friseur zu gehen oder sich einen Anzug anpassen zu lassen, finde ich es immer besser, es schnell hinter sich zu bringen. Also machte ich noch am selben Tag meinen nachmittäglichen Spaziergang bewußt ans Ende des Dorfes, wo Heregrove wohnte. Das ›Glück‹ – nein, ich habe mich ja entschieden, das ›Schicksal‹ zu sagen – wollte es, daß der Mann genau in dem Moment den Gartenweg entlang kam, als ich die Pforte erreichte. Ich blieb stehen, und wir sahen uns an.

Mit den Worten: »Ich hörte, Sie verkaufen eventuell wieder Honig«, eröffnete ich die Unterhaltung meiner Meinung nach durchaus unverfänglich.

Meine Eröffnung wurde allerdings nicht sehr gut aufgenommen. Er sah mich mit merkwürdig ausdruckslosem Gesicht an und hatte überhaupt nichts von dem, was Modezeitschriften ›anziehend‹ nennen. Freudlos, stark, resolut und intelligent – ja, all das, und kalt. Wo hatte ich bloß schon mal ein ebenso kaltes Gesicht gesehen? Natürlich – beim alten Mycroft; aber da, so schien es mir, rührte die Kälte von Sachlichkeit her, hier hingegen von Härte. Ich erinnerte mich an die ruhige Kälte in Mycrofts Gesicht, die mir bei unserer ersten Begegnung direkt aufgefallen war.

Das Gesicht dieses Mannes war trotz seiner Kälte irgendwie unruhig. Mir ging durch den Kopf, daß er seine Züge absichtlich ausdruckslos hielt – nicht, weil es ihm gleichgültig war, was andere Leute dachten, sondern weil er entschlossen war, etwas zu verbergen. Dieser Gedanke führte zu einem weiteren, der noch beunruhigender war. Ich war nun sicher, daß er mich mit sehr viel mehr Interesse beobachtete, als er mich merken lassen wollte. Nach einer Pause, die mich immer verlegener werden ließ, leuchtete sein Gesicht plötzlich auf, als werde elektrisches Licht hinter heruntergezogenen Rouleaus angeknipst. Ohne sagen zu können, warum, war ich fest davon überzeugt, daß er plötzlich irgendeinen Entschluß gefaßt hatte.

»Es tut mir leid, daß ich mit meiner Antwort gezögert habe«, sagte er mit überraschend leiser tonloser Stimme. »Seit meinem großen Verlust und Kummer habe ich wie ein Einsiedler gelebt, und langes Schweigen führt zu langsamen Antworten. Ja, ich halte wieder Bienen.« Dann, nach einer Pause: »Als ich meinen Arzt konsultierte, sagte er, nach einem schweren Schock sei die beste Kur die härteste – man soll genau das wieder aufnehmen, was mit dem Schock am engsten verknüpft ist. Menschen, die beim Hindernisreiten böse gestürzt sind, sollen springen, sobald sie nur wieder im Sattel sitzen können. Natürlich sind die betreffenden Völker vernichtet worden, doch ich kann mit Bienen umgehen, und die neuen gedeihen schon prächtig. Mit dem Honighandel möchte ich nicht wieder anfangen, aber vielleicht kann ich Königinnen züchten und damit ein wenig verdienen.« (Ein Anflug von Mißtrauen aus dem hintersten Winkel meines Verstandes ließ mich für einen Moment schaudern.) »Aber ich würde mich freuen, Sie wieder zum Kunden zu haben wie schon meine arme Frau. Ich hoffe, daß Sie keine Unannehmlichkeiten hatten, während ich aus dem Geschäft war.« Wir gingen jetzt den Weg entlang, und mir war bewußt, daß seine Augen zu mir gewandt waren, auch wenn sein Kopf geradeaus gerichtet blieb.

»Nein«, sagte ich ausweichend, »nein.«

Ich wußte, ich hätte irgendeine Geschichte erfinden sollen, aber, wie ich schon sagte, wenn man allein lebt, braucht man nicht zu lügen und kommt aus der Übung – zumindest, was überzeugendes Lügen anbelangt. Seine nächste Bemerkung zeigte, daß ich recht hatte.

»Ich glaube, es gibt sehr wenige andere Bienenhalter in der Gegend. Da hausgemachter Honig so anders ist als das Zeug, das in den meisten Läden verkauft wird, fürchtete ich, Sie hätten ohne Honig dagesessen.«

Ich sagte einfach gar nichts. Ich konnte diese Bemerkung kaum anders auffassen als eine tastende Frage danach, wo in der Gegend wohl noch irgendwelche anderen Imker verborgen sein mochten. Wie dem auch sei, er sollte mein Schweigen deuten, wie er wollte. Wir erreichten das Haus, und er führte mich in den Salon, einen Raum, der noch genauso armselig war wie zu Lebzeiten seiner Frau.

Ich hörte, wie er hinter mir fortfuhr: »Außer natürlich, wenn Sie weit ausgeschwärmt sind, um Jagd auf Honig zu machen?«

Sein Kichern über diesen kleinen Scherz war nicht dazu angetan, mich aufzuheitern. Das Haus, der Mann, mein Argwohn, all das ging mir auf die Nerven. Ich drehte mich um.

»Ich hätte gern genauso viel wie früher«, sagte ich.

Er nannte die genaue Menge und fügte dann hinzu: »Kommen Sie mit. Ich lagere den Honig in der Nähe der Bienenstöcke. Das spart Mühe, wenn man im Winter ein bißchen von ihrem eigenen Honig zufüttern muß. Reiner Zucker reicht nie.«

Erneut und eher noch stärker verspürte ich den Wunsch, aus der ganzen Sache rauszukommen, fühlte einen ziemlich heftigen Groll gegen Mycroft – warum hatte er es sich auch nicht versagen können, mich zu langweilen, statt mich einfach mit Honig zu versorgen, ja, empfand sogar einen Anflug des Ärgers über Alice. Und doch, abzulehnen wäre lächerlich gewesen. Wir verließen das Haus und gingen den hinteren Gartenweg entlang, auf dem – fiel mir ein – ich ihn zum Stall hatte gehen sehen, als seine Frau noch lebte.

Um ja etwas zu sagen, das nichts mit Bienen oder Honig zu tun hatte, und um mein Schweigen zu beenden, fragte ich aus dieser Erinnerung heraus: »Halten Sie noch ein Pferd?«

Ich gebe zu, ich selbst hätte eine solche Bemerkung von einem Fremden vielleicht als Impertinenz, als Einmischung empfunden. Aber so hatte ich sie natürlich gar nicht gemeint. Es war eine von diesen ziellosen, pausenfüllenden Bemerkungen, die wir machen, wenn wir fürchten, daß ein Schweigen zu unangenehm werden könnte. Meine Frage kam wahrhaftig schlecht an – da konnte kein Zweifel bestehen –, überraschend schlecht. Heregrove blieb stehen und wandte sich mir zu. Mich traf ein unangenehm forschender Blick. Wieder kam eine von diesen gräßlichen Pausen, und dann beunruhigte mich die Banalität seiner Antwort nur noch mehr.

»Nein, ich habe das Pferd vor einiger Zeit verkauft. Ich konnt's mir nicht leisten, es zu behalten.«

Das war offen und ehrlich, dachte ich, aber etwas in meinem Inneren sagte mir, daß ich mit dem Finger fast an die Stelle getippt hatte, hinter der im Kopf des Mannes ein dunkles Geheimnis verborgen war. Alleine einem gefährlichen Burschen gegenüberzustehen, der den Verdacht hegt, man wisse zuviel – dieser Gedanke ist natürlich so beunruhigend, daß ich begreiflicherweise die Alternative vorzog, für die nach wie vor ebensoviel sprach: Hier war ein armes Geschöpf, dem ein außerordentliches Unglück widerfahren war (oder ein böser Schicksalsschlag) und dem ich helfen konnte, indem ich von ihm meinen Honig bezog. Wir fürchten uns selten vor Menschen, von denen wir glauben, wir könnten sie gönnerhaft behandeln. Furcht ist ein scheußliches Gefühl, während Leutseligkeit uns immer ein wenig das Herz wärmt, obwohl wir das nicht gern zugeben. Ich brauchte dieses wärmende Gefühl, denn böse Vorahnungen ließen mich mehr als nur frösteln – also wechselte ich das Thema. Mein Blick fiel auf die verwilderten, ungepflegten Blumenbeete.

»Selbst jetzt, wo die meisten Sommerblumen bereits verblüht sind«, plapperte ich, »sind noch genug da, damit die Bienen beschäftigt bleiben. Merkwürdige kleine Geschöpfe.« Weil mein Begleiter still blieb, redete ich weiter, denn ich war entschlossen, kein Schweigen aufkommen zu lassen, auch wenn ich Monologe führen mußte, die nur meiner Beruhigung dienten. »Ich nehme an, sie werden in Wirklichkeit nicht von Farben, sondern vom Duft geleitet?«

Wieder merkte ich, daß ich verstohlen gemustert wurde. Aber ein solches Geplapper mußte einen mißtrauischen Charakter doch eigentlich beruhigen? Dennoch wußte ich, ich betrog mich nur selbst, wenn ich mir einredete, meine Anstrengungen hätten irgend etwas in der Art bewirkt. Im Gegenteil: ich konnte sagen und machen, was ich wollte – selbst mein Schweigen steigerte ganz offensichtlich nur noch sein Mißtrauen und ließ ihn – was mich eher noch mehr verunsicherte – ganz offensichtlich zu dem Entschluß kommen, mich festzuhalten. Vermutlich wollte er herausfinden, ob ich so unschuldig war, wie ich aussah, oder so verdächtig, wie meine Worte mich wohl machten.

Wir hatten das Ende des Gartens erreicht, und die Bienenstöcke waren jetzt auf der anderen Seite eines ziemlich schäbigen Zaunes in Sicht. Sie selbst wirkten ordentlich. Als wir am Zaun angelangt waren, schien Heregrove plötzlich seine Meinung zu ändern.

»Wenn Sie hier warten wollen«, sagte er durchaus höflich, »werde ich den Honig holen. Er ist in dem kleinen Schuppen neben den Stöcken. Die meisten Bienen sind daheim, aber ein paar Nachzügler kommen noch. Vielleicht sind sie ein bißchen reizbar. Schwerarbeiter auf dem Heimweg könnten böse werden, wenn Fremde vor ihren Haustüren herumlungern.«

Während er das sagte, lächelte er. Froh über dieses Anzeichen einer Besserung unserer Beziehungen, kicherte ich ziemlich dümmlich, darum bemüht, mich ›gut Freund‹ zu machen. Er wandte sich ab und erschien nach wenigen Augenblicken wieder mit dem Honig.

»Na, das wäre überstanden«, dachte ich. »Ich werde irgendwie eine andere Versorgungsquelle finden oder mich von dieser Vorliebe kurieren müssen. Ich glaube nicht, daß ich einen weiteren Besuch wie diesen durchstehe.« Wie sollte ich auch ahnen, daß ich noch lange nicht aus dem Schneider war?

Als er mir entgegen kam, sagte er kühl: »Bevor Sie gehen, können wir gerade mal zum Stall hinüber gehen – wo wir schon an diesem Ende des Gartens sind. Ich würde Ihnen den Platz gern mal zeigen, wo Sie schon mal nach meinem Pferd gefragt haben.«

Der Vorwand für den Gang zum Stall war so erkennbar unangemessen, daß in mir eine seltsame Panik aufstieg. Doch wie sollte ich um die 50 Yards herumkommen, die mich davon trennten, in den baufälligen Schuppen hineinzusehen? Mir fiel kein vernünftiger Grund ein, und offensichtlich bedeutete der bloße Gang dorthin keine größere Gefahr, als wenn ich direkt zur Straße zurückginge. Einmal vorausgesetzt, er wollte mir den Platz aus einem anderen als dem angegebenen Grund zeigen – klar war, daß der Grund nicht darin bestehen konnte, mir irgend etwas anzutun. Er würde kaum dem ersten Kunden eines Geschäftes schaden wollen, das er gerade wiederzubeleben versuchte. Ich gab irgendeinen zustimmenden Laut von mir und wandte mich um, ihm zu folgen, weil er schon in Richtung des Schuppens losgegangen war. Ich war dazu jetzt schon eher bereit, weil mich meine Überlegungen ein wenig beruhigt hatten. Er ging nämlich vor mir – nicht ich vor ihm –, und es war klar, daß die Hände voller Gläser und Waben ihn bei einem etwa geplanten Angriff behindern würden.

»Es sei denn«, sagte ich mir in einem Anflug von Galgenhumor, »er hat vor, mich mit Honig zu übergießen und mich auf diese Weise zu ersticken. Clarence an seinem Malvasier, Sydney an seinem Honig.«

Mit sich selbst zu scherzen, funktioniert manchmal; wenn aber nicht, ist man übler dran als vorher. Ich weiß nicht, ob es damals funktionierte. Vielleicht klappte es ja, denn ich entsinne mich zumindest, daß ich laut einen kleinen Scherz zu Heregrove über den Schimmel vom vergangenen Jahr machte, als wir ziemlich untätig herumstanden und uns die noch auf dem Fußboden liegenden Büschel von durchweichtem Stroh ansahen. Ich denke, mein Kichern oder leises Lachen klang nicht zu gezwungen, obwohl Heregrove nicht mitlachte. Tatsächlich schien er mich kaum zu hören. Erschien er mir zuvor allzu wachsam, so wirkte er jetzt regelrecht geistesabwesend. Als er sprach, schien er eher mit sich selbst zu reden und mich dabei zu vergessen.

»In dieser Box habe ich sie immer angebunden«, sagte er, während er den Honig abstellte und zur Krippe ging.

Aus Höflichkeit folgte ich ihm. Vielleicht, dachte ich, hat er wirklich an dem Pferd gehangen. Manche Menschenfeinde müssen ein Objekt für ihre Zuneigung finden. Was mich angeht, ist es nicht so, daß ich Menschen nicht leiden kann – ich brauche sie nur nicht; daher muß ich wohl auch keine Haustiere halten.

»Die kleine Stute«, fuhr er fort, »konnte aus dem Fenster hier sehen. Ich konnte sie nicht viel bewegen, und Pferde, wissen Sie, beginnen sich zu langweilen, wenn sie nichts zu tun haben. Sie fangen an, in die Krippe zu beißen und Luft zu schlucken. Aber von hier hatte sie eine nette Aussicht, und sie konnte sich draußen alles mögliche ansehen und machte das auch wirklich. Sie wieherte immer Vögel und Hunde an.«

Der Mann war ein sentimentaler Einsiedler, der an beginnender Gehirnerweichung litt, schloß ich. Ich mußte ihn gewähren lassen und sehen, daß ich fortkam.

»Sehen Sie nur«, sagte er und reckte sich zum Fenster der Box, das hoch oben angebracht war und aus dem man wegen der Krippe darunter nur mühsam hinaussehen konnte. »Wenn Sie nach rechts schauen, sehen Sie die Straße, geradeaus fast eine Meile Wiesen und drüben ganz weit links die Straße und die Spitzen der Dächer des Dorfes.«

Um ihm den Gefallen zu tun hinauszusehen, reckte ich mich und sah hinaus. Zu meiner Erleichterung ging er beiseite.

»Das kleine Pferd hatte doch wirklich eine schöne Aussicht?« fragte er.

»Ja«, antwortete ich, »ja.«

Im Grunde genommen war der Mann also doch bloß ein Narr und konnte nur dann gefährlich werden, wenn man die Erinnerung an seine liebe davongegangene Stute befleckte (die vielleicht in mancher Hinsicht, wie Psychologen sagen, ein ›Surrogat‹ für seine tote Frau sein mochte). Ich würde die Rolle spielen, die er mir zugedacht hatte, und wir würden als Freunde auseinandergehen – für immer.

»Ja«, sagte ich, reckte mich noch einmal hoch und sah mich gründlich um. »Da sind die Wälder und die Wiesen und die Dächer des Dorfes. Ein so schöner Ausblick, wie man ihn sich nur wünschen kann.«

Ich drehte mich um; ich war allein. Panik ergriff mich. Ich stürzte los, auf die Tür zu. Der Honig stand auf dem Boden. Das hätte mich nicht aufgehalten. Was mich aufhielt, war Heregrove, der mir im Weg stand. Er mußte meine Aufregung bemerkt haben, gab aber mit keinem Zeichen zu erkennen, daß dem so war.

»Ja«, setzte er die Unterhaltung ruhig fort, »es ist ein netter Ausblick.«

»Wo waren Sie?« platzte ich heraus.

Er sah überrascht aus. »Ich habe bloß in die andere Box gesehen. Hier ist Platz genug für zwei Pferde. Die Ratten dringen dort ein; ich muß eine Falle aufstellen.« Und dann tat er etwas, das mich verblüffte und sogar eigenartig beruhigte. »Ich habe mir den Finger an einem versteckten Nagel aufgerissen, als ich ein Dielenbrett anhob, um das Rattenloch besser sehen zu können«, berichtete er, wobei er seine rechte Hand hochhielt. Ein fleckiger Lumpenfetzen war halb um seinen Zeigefinger gewickelt. »Ich hab' immer Desinfektionsmittel zur Hand. Wenn man in Stallungen oder Gärten arbeitet, muß man sowas sofort verbinden, sonst kann es sich leicht entzünden. Wären Sie so freundlich, mir kurz einen Knoten hineinzumachen?«

Die Tatsache, daß der Mann sich verletzt hatte und sich in meine Gewalt begeben würde, machte mich wieder unbefangener. Er mochte verrückt sein, war's mit ziemlicher Sicherheit auch, aber er war bestimmt harmlos.

»Ich bin froh, wenn ich Ihnen helfen kann«, sagte ich. Ich war wahrhaftig froh und spürte eine beinah unglaubliche Erleichterung.

Ich bin recht geschickt mit meinen Fingern und wikkelte die Binde ordentlich, aber eine Menge von dem Desinfektionsmittel, das er sehr unbeholfen aufgetragen hatte, geriet an meine Finger und sogar an den Ärmelaufschlag meiner Jacke. Deshalb schlug ich vor, die ganze Binde abzunehmen, weil ihm offensichtlich – linkisch wie er war – von dem Desinfektionsmittel mehr außen als innen an den Mull gekommen war. Er wollte nichts davon hören.

»Nein, nein, es ist gut so; bemühen Sie sich nicht.«

»Aber sind Sie sicher«, drängte ich ihn, »daß das Mittel wirklich die Wunde bedeckt? Und hätten Sie die Wunde nicht vorher auswaschen sollen?«

»Hab' ich gemacht«, erwiderte er. »In der anderen Box ist ein Wasserhahn. Der Riß ist tief, aber winzig klein. Und dieses Desinfektionsmittel wirkt Wunder bei Wunden, auch wenn's nicht gut riecht.«

Nun, er mußte es selbst am besten wissen, und meine Sache war's, mich so schnell wie möglich aus dem Staub zu machen. Der Geruch des Mittels war zweifellos äußerst unangenehm; Gestank war das richtige Wort dafür. Ich entsann mich (Geruch bringt die Erinnerung auf eine ganz überraschende Weise zurück), daß man mich als Kind in den Zoo mitgenommen hatte und mir im Haus für die kleinen Raubkatzen ganz übel wurde. ›Klein, aber stark‹, hatte mein Vater gesagt und dabei gelacht; ich aber erbrach mich, als ich herauskam. Und der Geruch dieses Verbandes brachte nun die Erinnerung so eindringlich zurück, daß ich plötzlich glaubte, ich müßte mich übergeben. Ich zögerte, Heregrove zu fragen, ob ich mir die Hände waschen könnte. Da er es mir aber nicht anbot und ich nichts sehnlicher wünschte, als aus dem Stall, von diesem Ort und seiner Gesellschaft wegzukommen, strebte ich unverzüglich der Tür zu.

»Aber Ihr Honig«, sagte er.

Ich mußte es über mich ergehen lassen, mit dem Honig beladen zu werden, mußte nach meiner Geldbörse kramen. Endlich waren wir auf dem Gartenweg, und ich steuerte auf die Heimat zu, in die Freiheit.

Als wir die Pforte erreichten, bemerkte Heregrove: »Ich hab' ein armseliges Bündel zustande gebracht.«

»Ist schon in Ordnung«, protestierte ich.

»Na, ich glaube, ich kann es Ihnen ein bißchen besser in die Hand geben, damit es nicht runterfällt, bevor Sie zu Hause sind.« Und er fing an, am Papier herumzufummeln, meinen Ärmel zurechtzurücken und am Revers meiner Jacke herumzuziehen, das sonst verknittert würde, wie er sagte.

Ich hasse es ganz einfach, betatscht zu werden; und wenn das ein Mann macht, dem man – sei's noch so grundlos – mißtraut und der einem mit jedem Tatscher einen widerlichen Geruch in die Nase treibt, belästigt mich das nicht nur, sondern beleidigt mich regelrecht. Ich riß mich buchstäblich von ihm los.

»Danke«, stotterte ich, »danke. Danke. Vollkommen in Ordnung – wird sehr gut gehen – großartig.«

Seitwärts gehend eilte ich mit meiner Last davon, wie ein kleiner Krebs, der gerade noch rechtzeitig unter einen Stein schlüpft, bevor ihn eine Möwe zu packen bekommen und zu Tode hacken kann. In der Abenddämmerung warf ich noch einen Blick zurück; das letzte, was ich sah, war Heregrove – offenbar erneut auf dem Weg zu den Ställen.

Ich hastete weiter, bis ich endlich wieder in meinem eigenen Haus war. So verstört war ich noch nie zurückgekommen. Meine Heimkehr nach der Aufregung mit Mr. Mycroft war ein Kinderspiel, verglichen mit dieser hier. Damals war ich gereizt und ein bißchen nervös gewesen; jetzt hatte ich ein Gefühl, gegen das das andere fast amüsant gewesen war. Einen Moment lang war ich so erschöpft und so unsinnig verängstigt, daß ich es geradezu begrüßt hätte, die selbstsichere Stimme des Alten an der Tür zu hören. Das wäre bestimmt beruhigend gewesen, und ich brauchte Beruhigung.

Kapitel 5

Die Fliege wird vermißt

Doch genau wie nach meinem irritierenden Besuch bei Mr. Mycroft erwachte ich an diesem der jüngsten Aufregung folgenden Morgen ohne drückende Sorgen. »Wenn man sehr zurückgezogen lebt, ist vielleicht eine kleine Aufregung, ja selbst ein kleiner Schreck, gelegentlich ganz gut«, überlegte ich mir, während ich im Bett lag und zuhörte, wie Alice unten den Frühstückstisch deckte. »Das wird die Leber oder die Drüsen anregen oder sonst etwas, das hin und wieder eine leichte emotionale Massage braucht.« An jenem Morgen war die Geräuschkulisse, die ein treusorgender Hausgeist verursacht, zweifellos besonders erfreulich. Ich badete geruhsam, um meine Vorfreude länger auszukosten. Auch hoffte ich, daß Alice, wenn ich trödelte – um ihren Jargon zu benutzen –, auf einen Sprung ins Dorf ging und eben was einholte. Ich könnte mich dann in völliger Sicherheit der ungeteilten Freude an meiner zurückgezogenen Lebensweise hingeben.

Mein Plan funktionierte. Als ich herunterkam, hatte ich das Haus wirklich für mich allein. Der Kessel summte auf seinem Dreifuß mit äußerst beruhigender, behaglicher Ausdauer. Der Toast war im Grill. Ich habe meinen Toast gern kroß und heiß. Die Eier brauchten nur noch in den Topf auf dem Spirituskocher, der ebenfalls mit wohlerzogener Tüchtigkeit vor sich hinbrodelte. Ich sah auf meine Uhr, gab die Eier ins Wasser und legte den Toast auf den Teller. Dann nahm ich die vorgewärmte Teekanne aus braunem Ton vom Kaminabsatz (mein Georgianisches Silber benutze ich nur zum Nachmittagstee), tat drei Löffel Lapsang hinein und goß das kochende Wasser akribisch auf die Teeblätter.

Wie's der Zufall so will, war es der köstliche rauchige Teegeruch (etwas teerig, aber sehr kultiviert), der mich wieder an Heregroves abscheuliches Desinfektionsmittel denken ließ. Ich war (wie immer beim Frühstück) im Morgenrock. In diesem Augenblick erinnerte ich mich, daß ich beim Hereinkommen meine Jacke in den Schrank gehängt hatte, um sie in die Reinigung bringen zu lassen. Ich hatte mir sorgfältig die Hände gewaschen, aber wenn ich genau hinsah, war an den Seiten zweier Finger noch immer eine leichte Verfärbung zu erkennen, und als ich sie an die Nase hielt, konnte ich zwar nur noch ganz schwach, aber unverkennbar jenen Geruch wahrnehmen. Dafür mußte man aber mit der Nase schon ganz dicht herangehen. Trotzdem wollte ich versuchen, mit nochmaligem Scheuern etwas auszurichten. Ich fischte die Eier aus dem Wasser und eilte die Treppe hinauf. Nachdem ich meine Finger energisch geschrubbt hatte, was – wie ich zugeben mußte – diesen letzten, merkwürdig beharrlichen Fleck nur wenig verkleinerte, entschied ich mich, Geduld zu üben. Er würde schon von selbst weggehen. Dennoch beschloß ich beim Gang durchs Schlafzimmer, einmal nachzusehen, wie es der Jacke ergangen war. Ich nahm sie mit einigem Widerwillen aus dem Schrank, aber auch hier schien sich der Geruch weitgehend verflüchtigt zu haben. Es roch natürlich noch, wenn man die Nase dicht daran hielt, doch schon in einer Entfernung von wenigen Zentimetern konnte man nichts mehr bemerken. Da ich langweilige Routinearbeiten wie Reinigen gern vergesse, nahm ich die Jacke mit nach unten und legte sie auf einen Stuhl neben dem Tisch.

»Das wird mich daran erinnern, Alice gleich zu sagen, daß sie sie reinigen lassen soll«, dachte ich.

Dann nahm ich wieder Platz, einen Augenblick später aber war ich erneut auf den Beinen. Alice hatte mir die letzte tropfende Wabe herausgelegt, von der sie gesprochen hatte – vermutlich als eine stumme Erinnerung, sollte ich es versäumt haben, etwas zu unternehmen. Ihre Beobachtungen waren zutreffend gewesen: Fast der ganze Honig war herausgelaufen, und da sie säuberlich den Teller gewechselt hatte, blieb mir zum Essen praktisch nur festes Wachs. Ich denke ökonomisch, aber Wachs ist weder besonders schmackhaft noch bekömmlich. Ich hatte ja meine neuen Vorräte, deren Eroberung beschwerlich genug gewesen war. Ein paar Schritte in die Speisekammer, und dort lagen sie – ordentlich ausgepackt und eingeordnet, jede mit einer Glasglocke abgedeckt, auf weißen Tellern, die auf dem Schieferbord in einer Reihe standen. Ich hob einen Teller hoch und nahm eine volle Wabe mit zum Frühstückstisch.

Die Fenster standen offen, denn obwohl es noch nicht heiß war, war der Tag doch klar und schön, und das Feuer hielt meine Füße warm. Ich kaute vor mich hin in jenem gedankenlosen friedlichen Gemütszustand, der vielleicht das Schönste an einer einsamen Mahlzeit ist: Man wird zum friedfertigen Tier, das im Sommer unter einem Baum wiederkäut. Ich fühlte mich so wohl, daß ich wirklich an gar nichts Bestimmtes dachte. Alles schien völlig in Ordnung. Deshalb kann ich nicht sagen, wann mir zuerst bewußt wurde, daß dem nicht mehr so war.

Man sagt, unser Gehör sei unser wachsamster, aufgewecktester Sinn. Werden wir bewußtlos, verläßt es uns zuletzt und kehrt als erstes zurück, wenn wir wieder zur Besinnung kommen – sogar noch bevor wir wissen, wo wir sind. Ich glaube, die Tatsache, daß ich etwas hörte, ohne wirklich darauf zu achten, flößte mir zuerst ein Gefühl von unbestimmtem Unbehagen ein. Summende Geräusche sind im allgemeinen beruhigend, aber dieses hier war es aus irgendeinem Grunde nicht. Dann flogen ein paar Bienen durch das Fenster herein. Ich hielt sie zuerst für Wespen, die hinter meinem Honig her waren (obwohl wir in diesem Jahr nur wenige gehabt hatten). Mein Messer war bereit, die Räuber sofort zur Strecke zu bringen, wenn sie sich niederließen. Die Bienen schossen über dem Honig hin und her, setzten sich aber nicht darauf. Plötzlich stürzten sie sich auf die über dem Stuhl liegende Jacke. Sie ließen sich auf Ärmel und Revers nieder, und gleichzeitig schwoll das Summen zu voller Lautstärke an, wie wenn die Meute den Fuchs gesichtet hat. Ich sah, wie draußen ein dichter Schwarm von Bienen herabstieß, vor dem Fenster kreiste und ins Zimmer schoß. Ohne auch nur eine Sekunde zu zögern, schlossen sie sich sofort der kleinen Vorhut an, die sich bereits auf der Jacke niedergelassen hatte. Einen Augenblick später war sie schwarz von Bienen. Ich schreckte zurück, denn ich konnte sehen, daß sie die Jacke nicht untersuchten. Sie krabbelten nicht einmal darauf herum. Jede von ihnen klammerte sich krampfhaft an das Wollgarn: Sie stachen immer und immer wieder in den Stoff, durchbohrten ihn mit ihren tödlichen kleinen Säbeln.

Glücklicherweise war die Treppe in meiner Nähe, und der Stuhl mit der Jacke stand auf der anderen Seite des Tisches, sonst wäre diese Geschichte – wenn überhaupt – von jemand anderem geschrieben worden. Ich stolperte meinem Fluchtweg zu. Diese Bewegung jedoch mußte den Schwarm irgendwie alarmiert haben, denn eine ziemlich große Gruppe löste sich von der Jacke und schwang sich in die Luft, um mich näher in Augenschein zu nehmen.

Ich dachte, ich könnte den Rückweg immer noch gefahrlos antreten, als eine Biene wenige Zentimeter von mir entfernt an meiner Hand vorbeiflog. Wie ein Blitz stieß sie nieder. Ich schlug sie weg, trat darauf, stürzte die Treppe hinauf und warf mir dabei den Morgenrock über den Kopf, um – wenn möglich – Gesicht und Nacken zu schützen. Diese Verzweiflungstat erzeugte offenbar solche Luftturbulenzen im Bereich der kleinen Treppe, daß sie meine fliegenden Angreifer kurzzeitig vertrieb. Als ich mich aber umwandte, sah ich, daß jetzt der ganze Schwarm die Jacke verlassen hatte und im Abschwenken begriffen war, um hinter mir herzustürzen.

Nach einem Augenblick kopfloser Flucht war ich, über das Mobiliar stolpernd, durch das Schlafzimmer hindurch, hatte das Badezimmer erreicht und warf die Tür ins Schloß. Ich rannte zum Fenster und knallte auch das zu. Vor der Tür hörte ich ärgerliches Brummen und sogar ein unheimliches, leichtes Klopfen von Bienen, die sich in mörderischer Raserei gegen die Täfelung warfen. Einen Moment später sah ich ein paar von ihnen unter der Tür durchkriechen. Ich trampelte darauf und verspürte wilde Begeisterung, als ihre Körper auf dem Kachelboden knirschten. Sie waren so tödlich wie fliegende Giftschlangen, aber mein Schuhabsatz konnte noch immer ihre Köpfe zertreten, sobald sie zum Kriechen gezwungen waren.

Ich hatte schon angefangen, etwas vom erregenden Reiz des Sieges zu fühlen (äußerst unvernünftig, wenn man meine tatsächliche Lage bedenkt), als plötzlich ein sengendes Gefühl mein Bein hochschoß, das einer Mischung aus einem elektrischen Schlag und einer schweren Verbrennung glich. Als ich meine Pyjamahose aufriß, sah ich eine Biene, deren Stachel sich wenige Zentimeter oberhalb des Knöchels in mein Schienbein gebohrt hatte. Ich fegte sie herunter, zertrat sie und zwängte ein Handtuch zwischen Schwelle und Tür. Ich mußte das Biest mit mir ins Badezimmer getragen haben. Ich erinnere mich noch daran, daß ich mich absuchte, um festzustellen, ob noch weitere Bienen da waren, und daß ich mir dann den Stich ansah, der inzwischen schon zu einer großen schwarzen, einer verrotteten Kastanie ähnelnden Beule angeschwollen war. Dann wurde der Schmerz, der mich wie eine Flutwelle überschwemmt hatte, so überwältigend, daß ich ohnmächtig geworden sein muß.

Als nächstes sah ich, daß die Tür offenstand und das Schloß aufgebrochen war. Das ärgerte mich.

»Der Türrahmen ist gebrochen«, begann ich.

Ich sprach zu jemandem, der – das spürte ich – neben mir stand. Dann ging mir auf, wie eigenartig es war, auf dem Boden liegend darüber zu reden, ob das Schloß nun aufgebrochen worden war oder nicht. Blitzartig kam die Erinnerung zurück.

»Schließen Sie die Tür!« keuchte ich.

»Alles in Ordnung«, sagte eine bewußt besänftigende Stimme. Ich wollte gerade versuchen aufzustehen, als sich der Sprecher über mich beugte. »Bewegen Sie sich mal einen Augenblick lang nicht«, ordnete er an. »Wir haben Ihnen ein Handtuch unter den Kopf gelegt. Ich möchte kurz Ihre Herztöne abhören und einen Blick auf die Stelle an Ihrem Bein werfen, bevor Sie aufstehen.«

Es war der junge Jones, der neue Arzt im Dorf, wie ich gehört hatte – der flotte junge Assistent des ältlichen

Dr. Able. Ganz heller Kopf, hatten Leute im Postamt gesagt. Es dauerte nur einen Moment, bis er mich mit seinem Stethoskop abgehört hatte, und während er horchte, sagte er: »Hm, alles in Ordnung.« Dann wandte er sich zu mir: »Tut mir leid, daß ich so berufsmäßig und aufdringlich wirke. Die Wahrheit ist, als Ihr Dienstmädchen mich plötzlich hierher schleppte, dachte ich beim ersten Hinsehen, Alice hätte recht und Sie wären bös dran.«

Mein Blick fiel auf Alice; sie stand im Schlafzimmer, und ihr Gesicht trug jenen Ausdruck von Kummer, gepaart mit Triumph, Verstörung und Wichtigtuerei, der die angemessene Maske all derer bildet, die sich durch eine Tragödie im eigenen Haus ausgezeichnet fühlen. Das amüsierte und beruhigte mich zugleich. Ich spürte nach wie vor einen lähmenden Schmerz im Bein; es brannte wie Feuer und pochte, als ob es platzen würde. Aber augenscheinlich war ich in Sicherheit, denn kein bedrohliches Brummen war zu hören, und meine zwei Begleiter waren offensichtlich völlig mit mir beschäftigt und dachten nicht an die Möglichkeit, daß sie persönlich in Gefahr seien.

»Wie haben Sie es fertiggebracht, sich beim Hinfallen derart zu verletzen?« fragte Dr. Jones, nachdem er mein Schienbein untersucht hatte.

»Wie ich das fertiggebracht habe!« rief ich aus. »Sehen Sie sich die toten Bienen auf dem Fußboden an! Ich wurde beim Frühstück von einem Schwarm angegriffen und konnte gerade noch rechtzeitig hier hereinflüchten. Das ist Gott sei Dank der einzige Stich, den ich abbekommen habe. Ein halbes Dutzend davon, und Ihre Hilfe wäre zu spät gekommen.«

»Von einem Schwarm angegriffen, der ins Haus kam und auf Sie losging?« erwiderte er mit offenkundiger

Ungläubigkeit. »Übrigens, ich habe noch nie jemanden wie Sie auf Bienengift reagieren sehen. Sie müssen gegen solche Reizungen hochgradig allergisch sein.«

»Hochgradig allergisch!« gab ich zurück. »Das waren keine normalen Bienen. Diese Bienen sind geschickt worden ...«

Dr. Jones wandte sich zu Alice um und sagte mit jener Art des Beiseitesprechens, die Ärzte anwenden, wenn sie die Äußerungen eines Patienten plötzlich in einem anderen Licht sehen: »Haben Sie irgendwelche Bienen gesehen, als Sie nach Hause kamen?«

»Nun, Sir, wo Se mich jetzt fragen, vielleicht waren da 'n paar herum, wie man sagen könnte, oder vielleicht waren's Wespen, denn bis jetzt hatten wir kaum Wespen, und natürlich müßten wir se die ganze Zeit haben, wo doch jetzt Pflaumenzeit is' und so ...«

»Sie haben keinen Bienenschwarm gesehen?«

»Ich kam grad durch die Pforte rein und hatte die Hände voll mit Paketen, denn ich war auf'n Sprung im Dorf und hatte eben was eingeholt, bevor die Läden zu voll von den Herrschaften werden, um schnell was zu bekommen. Wie ich sagte, vielleicht brummte es hier 'n bißchen herum; 'nen Schreck hab' ich aber erst gekriegt, wie ich grad einen Fuß ins Haus gesetzt hatte und seh', das Tischtuch hängt ganz schief herum und der Toast und der Honig und die Eier auf dem Teppich und die Serviette auf der Treppe, der Schlafzimmerstuhl umgefallen und die Badezimmertür zu und das Haus totenstill. Genauso war's, als mein Opa am Schlag gestorben is'. Is' glatt abgekratzt, könnte man sagen. Also bin ich rausgerannt, um Hilfe zu holen, und da gingen Se grad vorbei, Gott sei Dank.«

Es war klar, gleichgültig, wie lange Alice redete, das war die Essenz, der wesentliche Inhalt ihrer Mitteilung.

Dr. Jones würde mich als Rekordallergiker katalogisieren, der von einem einzigen Bienenstich einen Anfall bekam. Jeder normale Mensch nähme einen solchen Stich ohne großes Theater hin, nicht schlimmer, als wenn er sich den Zeh an einem Tisch stieße. Na ja, vielleicht war es so am besten. Die Bienen hatten, für einen Moment verblüfft, als sie die Spur der Beute verloren, so schnell abgedreht wie eine Regenbö. Und selbst wenn ich meine Geschichte erzählte, wer würde sie glauben?

»Sie sollten das Bein heute lieber hochlegen, und wenn Sie wollen, werde ich es mir heute abend noch mal ansehen. Sie sind zweifellos in hohem Maße allergisch« – da war diese aufreizende, die Tatsachen beschönigende Phrase schon wieder – »gegen Bienen. Sie sollten sich von ihnen fernhalten. Muß sagen, Sie scheinen sich einen Fleck ausgesucht zu haben, wo das wirklich kein Problem ist. Abgesehen von den paar hier, die Ihnen Ihrer Auskunft zufolge einen Spezialbesuch abstatten wollten, weiß ich nicht, wann ich zuletzt Bienen hier in der Gegend gesehen habe, außer an der Waller's Lane. Vielleicht waren sie schlechtgelaunt, weil sie sich einsam fühlten, oder vielleicht ziehen Leute, die hochgradig allergisch sind, ihre Allergie geradezu an.«

Diese Spekulationen erheiterten mich wahrlich nicht, obwohl sie offensichtlich scherzhaft gemeint waren. Verständlicherweise waren diese Bienen für mich nichts, worüber man Witze machen konnte; im Gegenteil, für mich bedeuteten sie schlicht eine Sache von Leben oder Tod. Ich war gerne bereit, im Haus zu bleiben, bis mir irgendein Ausweg einfiel, und der Vorwand, den mir der Stich im Bein gab, war das einzig Gute an einer Angelegenheit, die im übrigen sehr, sehr böse aussah. Dr. Jones und Alice halfen mir zum Sofa, das neben meinem nach Süden gehenden Schlafzimmerfenster steht. Ich dankte dem Doktor und bat ihn, sich nicht die Mühe zu machen, noch einmal vorbeizukommen, wenn ich ihn nicht benachrichtigte. Nachdem Alice ihn hinausbegleitet hatte und mich nun mit Besitzerstolz betrachtete, konnte ich eine weitere kleine Kriegslist anwenden.

»Mir ist kühl«, sagte ich. »Bitte schließen Sie alle Fenster, und passen Sie auf, daß die Tür geschlossen bleibt.«

»Und das wundert mich gar nich', daß Ihnen kühl is'«, stimmte sie zu. »Also, als mein armer, guter Opa den Anfall bekam, der ihn umhaute, wurde er so kalt wie Stein. Man konnte kaum glauben, daß das wirklich Fleisch war, so kalt und klamm war's. Kalter Leib in kalte Erde, hör' ich meine Mama noch sagen, und recht hatte se.«

»Alice«, unterbrach ich sie, »ich habe ein bißchen Kopfweh. Gehen Sie bitte hinunter, und machen Sie mir ein wenig Tee und etwas Toast.«

»Um Himmels willen – ohne Frühstück, und die ganze Zeit haben Se hier und da rumgelegen, könnte man sagen.«

»Alice, ich brauche den Tee *jetzt*«, sagte ich mit der ganzen Betonung auf dem letzten Wort.

Alice war weg. Respekt vor meinem Befehl und Mitleid für meine Verwundung wirkten doppelt nachdrücklich.

Ich blieb mit meinen Gedanken allein; sie konnten schwerlich heiter sein. Hier war ein Mann von ungeheurer Schläue, der – anfangs vielleicht wegen eines leisen Verdachts gegen mich, inzwischen vor allem aus sportlichem Ehrgeiz – entschlossen war, mich zu töten, und das auf abscheulich qualvolle Weise. Er wollte bloß seine bösartige Macht demonstrieren und ein Instrument des

Todes erproben, das er absolut präzise und ebenso ungestraft einsetzen konnte, wenn es perfektioniert war. Er hatte sein Ziel knapp verfehlt, aber das war reines Pech (oder Schicksal). Der zweite Versuch würde wahrscheinlich erfolgreich sein; und es gab niemanden, der meine Geschichte glauben würde. Selbst wenn sie mir glaubten – solange sie zögerten, darauf zu reagieren, den Mann zu verhaften und seine teuflischen Bienen zu vernichten, gab es niemanden, der mir irgendeinen Schutz gewähren konnte. Ich mußte mich im Haus herumdrücken, bis das kalte Wetter meine höllischen Verfolger in den Schlaf wiegte; den ganzen Sommer hindurch würde ich jedes Summen einer Schmeißfliege fürchten – eine elende Kreatur, gezwungen, die ganze warme Zeit hindurch Winterschlaf zu halten und nur bei rauhem kaltem Wetter auszugehen, um das kleinste bißchen Freiheit, das kleinste bißchen Glück erleben zu können.

Ich hörte Alices Schritt auf der Treppe. Da ich weitere Erzählungen vom Ableben ihrer Vorfahren und der Ähnlichkeit zwischen ihrem und meinem Schicksal nicht ertragen konnte, stellte ich mich schlafend. Ich hörte, wie sie eintrat, die Tür schloß und das Tablett neben mir absetzte. Anschließend verließ sie den Raum jedoch nicht. Ich öffnete behutsam ein Auge und entdeckte, daß sie mich zweifelnd betrachtete.

»Entschuldigen Se die Störung, Sir, wo Se so 'n Morgen gehabt ham. Aber er steht unten und fragt, weil, er kann sich nich' erinnern, ob er Ihnen wie sonst einen Korb geliehen hat – Se werden mir doch nich' wieder ohnmächtig werden!«

In meinem Kopf drehte sich alles.

»Alice«, brachte ich hervor – meine Stimme, fürchte ich, glich dem, was Romanciers ein ›heiseres Flüstern‹

nennen, denn ich hatte die Kontrolle über sie verloren – »Alice, gehen Sie sofort hinunter, und schaffen Sie den Mann aus dem Haus. Sie wissen, ich empfange nie Besucher. Und passen Sie auf, daß er nichts mitgehen läßt«, keuchte ich fast.

Alice war elektrisiert.

»Der ein gemeiner Dieb! Na, das würd' ich dem glatt zutrauen.«

Sie fegte aus dem Zimmer und schloß schnell die Tür hinter sich. Ich lauschte angestrengt, hörte einen kurzen Wortwechsel und dann wieder ihren Schritt auf der Treppe, ein wirklich erfreuliches Geräusch.

»Er is' weg, Sir«, sagte sie. »Ich war zu schnell für ihn. Ich hab' bloß gesagt: ›Die Herrschaft liegt zu Bett. Ich versorge das Haus. Hier is' kein Korb von Ihnen‹, und damit hab' ich ihm die Tür vor der Nase zugeschlagen. Durchs Fenster habe ich beobachtet, wie er abzog.«

Den ganzen Tag lang lag ich unruhig im oberen Zimmer. Nachdem sie mir das Mittagessen serviert hatte, sagte ich Alice, sie solle nach Hause zu ihren Eltern gehen, bei denen sie lebt.

»Sie können gegen fünf mal vorbeischauen«, sagte ich.

Sie ging fröhlich davon, zweifellos voller Vorfreude darauf, die Einzelheiten meines Unfalls weiterzuerzählen und sowohl selbst festzustellen als auch zu hören, wie schön das zu einer Reihe von fatalen Präzedenzfällen paßte.

Sobald sie zweifelsfrei aus dem Haus war und ich ihren Hut über der Hecke in Richtung Dorf hatte wippen sehen, erhob ich mich mühsam vom Sofa und humpelte die Stufen hinunter. Das Wohnzimmer war aufgeräumt, aber meine Jacke lag immer noch auf dem Stuhl, und der stand an der Tür, die zur Diele führt. Jeder, der an der Haustür wartete, würde den Stuhl mit der Jacke darauf sehen. Ein paar leise Schritte, während man denjenigen, der die Tür geöffnet hatte, mit irgendeiner fingierten Botschaft weggeschickt hatte ... Ich riß die Jacke an mich. Sie fiel mir aus der Hand. Ich erinnerte mich ganz genau, in der Brusttasche hatte sich ein Taschentuch befunden, als ich sie mit herunterbrachte. Das Taschentuch war weg.

Die Tür war, dem Himmel sei Dank, abgeschlossen. Nicht, daß es wahrscheinlich gewesen wäre, daß mein Peiniger mich mit irgendeinem anderen Werkzeug angreifen würde als mit dem geheimnisvollen, schrecklichen, marternden, das er geschmiedet hatte – eine Kostprobe davon ließ in jenem Augenblick mein ganzes Bein brennen und pochen! Aber die verschlossene Tür war mir ein kleiner Trost, weil ich wußte, ich war geschützt vor der Möglichkeit, daß er hier hereinkommen konnte, um sich an dem Anblick seines hilflosen Opfers zu weiden. Wenn ich dieses kalte Gesicht hätte sehen müssen – mich betrachtend –, ich glaube, ich wäre wahnsinnig geworden.

Schwerfällig zog ich mich die Stufen hoch. Es war nur allzu klar: Das Monster war vorbeigekommen – kaltblütig in seiner Gewißheit, daß niemand ihn verdächtigen konnte –, bloß um zu sehen, wie sein Giftpfeil gewirkt hatte, in der Erwartung, in der Hoffnung, mich als aufgedunsene violette Leiche vorzufinden. Als er jedoch entdeckte, daß sein erster Versuch, mich zu töten, fehlgeschlagen war, war er ruhig hereingekommen und hatte etwas eingesteckt, das meinen Geruch trug. Offensichtlich entwarf er emsig einen neuen Plan, durch den es ihm gelingen könnte, seine höllischen Hornissen wieder auf meine Spur zu setzen, indem er ihnen meinen Geruch lieferte – denn er konnte wohl kaum hoffen, mich ein zweites Mal in unmittelbare Nähe seiner Klauen locken zu können.

Alice kam zurück, servierte mir meinen Tee und ein frühes leichtes Abendbrot (Gott schütze mich vor Alpträumen; Rohmaterial hatte ich wahrlich genug dafür) und ging, nachdem sie mir's ›für die Nacht behaglich gemacht‹ hatte, wie sie es ausdrückte (was allerdings außerhalb ihrer oder überhaupt der Möglichkeiten irgendeines anderen lag). Ich schlief nicht viel.

Aber warum nicht nach Mr. Mycroft schicken? Natürlich hatte ich immer und immer wieder daran gedacht. Aber bei einer Sache auf Leben und Tod, zu der sich das hier plötzlich entwickelt hatte, konnte da nicht jede Einmischung die Lage verschlimmern, die Dinge nur beschleunigen? Konnte mich der alte Mann mit seinen Apparätchen wirklich beschützen? War es nicht das einzig Sichere, sofort aus dem Dorf wegzugehen – spurlos zu verschwinden –, mich leise zu verdrücken, ohne irgend jemandem etwas davon zu sagen, ohne eine Adresse zu hinterlassen, bloß Alice zu sagen, daß man in einer dringenden Angelegenheit abberufen worden sei, und dann nicht zurückzukommen?

Ich war mir sicher (das machte die Sache noch gräßlicher), Heregrove wollte mich aus keiner speziellen Gehässigkeit umbringen, sondern nur zum Spaß, bloß weil ich armes Insekt mich zufällig dicht neben ihm niedergelassen hatte, während er gerade ein neues Insektizid ausprobierte: ›Was Fliegen sind den müß'gen Knaben, das sind wir den Göttern; sie töten uns zum Spaß.‹ Es war nicht gerade tröstlich, an diese Verse zu denken. Doch ich nehme an, so etwas ist immer die Folge, wenn Menschen die gottgleiche Macht erlangen, ungestraft töten zu können. Aber warum mußte ausgerechnet ich das Opfer sein? Warum sollte ich aus meinem Haus vertrieben werden und selbst dann nicht sicher sein? Nach allem, was ich wußte, würde dieser Teufel daran Freude haben, mich mit seinem dämonischen Pack durch ganz England zu jagen. Jedes Raubtier wird noch erregter, wenn es sieht, daß sein Opfer zu fliehen beginnt.

Dieser Gedanke führte meine Entscheidung herbei. Als der Morgen graute, setzte ich mich an meinen Schreibtisch und schrieb demütig einen entschuldigenden Brief. Als Alice mit meinem Frühstück heraufkam, gab ich ihn ihr, denn mein Bein war nach wie vor so steif wie ein Stock.

»Die Waller's Lane runter«, sagte sie, auf den Umschlag blickend. »Auf Antwort warten. Mach' ich gerne. Die Leute sagen, Mr. Mycroft is' 'n echter Eigenbrötler. Bleibt für sich, wie andere auch, und wie's ihr gutes Recht is'. Aber er is' so 'n Erfinder, sagen se. Denn seine Köchin . . .«

»Ich möchte sobald wie möglich eine Antwort«, unterbrach ich sie.

»Is' gut, Sir. Ich könnte schnell hinspringen, während Se frühstücken.«

Ich dankte ihr, und sie brach zu ihrem Botengang auf, der, so interessant er offensichtlich für sie war, für mich eine viel größere Bedeutung hatte.

Kapitel 6

Die Fliege wird veranlaßt, die Wespe der Spinne vorzustellen

Ich wartete so unruhig, daß ich in meinem Frühstück bloß herumstocherte. Ich war völlig aus der Bahn geworfen. Der gleichmäßige Pulsschlag meines Lebens, das ich mit soviel Sorgfalt arrangiert hatte, war restlos durcheinandergeraten. Auf dem Tisch war kein Honig – das allein genügte, um mich aus der Fassung zu bringen und mich daran zu erinnern, wie gründlich man in mein Leben eingegriffen und es umgekrempelt hatte. Aber natürlich wäre es Wahnsinn gewesen, das tödliche Zeug hervorzuholen und mich damit an meine Feinde zu verraten. Beim bloßen Gedanken an mein Lieblingsessen wurde mir übel. Das, so überlegte ich verbittert, war ein echter Maßstab für mein Elend.

Ich hätte wohl den ganzen Haufen vergraben lassen; ich fragte mich nur, ob nicht die Durchführung dieses Unterfangens jene Teufel angelockt hätte. Im übrigen könnte Alice denken, ich sei verrückt geworden. Sie hatte die Bemerkung fallen lassen, wie stickig es im Haus sei, weil alle Fenster fest geschlossen waren; und in der Tat wirkte es schon recht eigenartig, an einem wunderschönen Morgen alles verschlossen zu halten, so, als ob wir schon mitten im Winter wären. Obwohl ich für gewöhnlich diese Jahreszeit nicht mag, begann ich, den Winter jetzt wirklich herbeizusehnen. Und inzwischen waren Alice und der Arzt, den sie dummerweise eingeschaltet hatte, schon heimlich übereingekommen, daß ich verrückt wäre, leicht Anfälle bekäme, ›einzigartig allergisch‹ reagierte, eine blühende Phantasie hätte, furchtbaren Einbildungen unterläge und Gott weiß, was sonst. Ich brauchte nur noch ein paar weitere falsche Schritte zu tun, was mir in meiner aufgeregten Verfassung nur allzu leicht passieren konnte, und eine schmerzlich entzückte, hysterische Alice und der schlaue Meistermedikus Jones würden mich gemeinsam in die Irrenanstalt verfrachten – und das geschähe selbstverständlich mit den edelsten Absichten!

Ich konnte schon hören, wie Alice tränenreich, aber triumphierend den zwei Richtern, die mich einweisen würden, zu verstehen gäbe, wie sehr mein Fall nicht nur dem ihres Großvaters, sondern auch dem jener wunderlichen alten Tante gliche, die zuerst dachte, sie würde von Kakerlaken aufgefressen, und dann – später –, alle Mitglieder ihrer Familie wären Kakerlaken, und deshalb versuchte, diese gewaltigen Schädlinge auszurotten, indem sie ihnen ungelöschten Kalk ins Gesicht warf. Alice würde unendlich viele bestätigende Einzelheiten hinzufügen – meine seltsame, eigenbrötlerische Art, meine krankhafte Abneigung gegen Unterhaltung, meine minuziösen Regelungen, die Dinge gerade so und nicht anders zu machen und nicht gestört werden zu wollen. Ich sah es vor mir, wie Dr. Jones zustimmend mit dem Kopf nicken und jede Einzelheit meines Verhaltens, von der Alice berichtete, eindrucksvoll mit irgendeinem dämlichen griechischen Namen belegen würde. Ich war selbstverständlich ein akuter Fall von Agoraphobie und befand mich in einem fortgeschrittenen Stadium von Schizophrenie. Diese Vorliebe für Honig? Oh, das war eindeutig – beginnende Fixierung bei Geistesgestörten. Sie haben immer einen krankhaften Appetit auf Kohlehydrate, besonders auf alle Zukkerarten. Es gibt gar kein sichereres Symptom. Typischer Anfall von Paresis im Badezimmer. Eine Lumbalpunktion muß sofort vorgenommen werden. Eine starke Dosis von einer der Arsenverbindungen – gefährlich, natürlich, aber das könnte uns (nicht *mich,* bemerken Sie das bitte) vor Schlimmerem bewahren. Der Patient (selbstverständlich hatte ich inzwischen jede Individualität verloren, ganz zu schweigen von irgendwelchen Rechten) sollte unverzüglich einer Überwärmungsbehandlung unterzogen werden. Halten Sie ihn einige Zeit bei 105 Grad, dann besteht Hoffnung, daß sein Verstand zurückkehrt. Nein, er könne keinerlei Verantwortung übernehmen, wenn der Patient weiter frei herumliefe.

Ich sah mich in Windeseile von diesen vier wohlmeinenden Hohlköpfen zum Bedauernswertesten aller Sträflinge gemacht. Ich sah, wie ich in einem geschlossenen Wagen abtransportiert wurde und meine Selbstbeherrschung bewahrte, wohlwissend, daß ich als ein amtlich testierter Irrer betrachtet wurde und daß jede Bemerkung, jede Bewegung, die ich machte, unverzüglich als Bestätigung meines Wahnsinns interpretiert wurde. Ich sah uns an jenem so fürchterlich unzutreffend benannten Ort ankommen, dem Asyl, das kein Refugium war, sondern der einzige Platz, den die geistig Gesunden mit beinah wahnsinniger Angst fürchten mußten. Ich sah mich entmündigt, mich, der ich die leiseste Kontrolle, Beeinflussung oder Verwaltung meiner Person immer übelgenommen und mich all dem zeitlebens zu entziehen gewußt hatte. Ich sah, wie ich mich um so verzweifelter an die letzten Fetzen von Unabhängigkeit und Selbstbestimmung klammern würde. Ich sah die ruhige, zwingende Überzeugung auf jedermanns Gesicht um mich herum, daß ich verrückt sei, bloß eine unheilbar gestörte, auf diesem Schrottplatz gebrochener Geister abgeladene

Maschine. Ich sah mich letzten Widerstand leisten, indem ich mir sagte: ›Nun, sie werden nicht den Funken eines Vorwandes bekommen zu glauben, ich sei im geringsten anders als diese Dummköpfe selber; zu dumm, um verrückt zu sein!‹

Und dann sah ich eine jener teuflischen Bienen in den kalten, weißen, gefängnisähnlichen Raum stoßen, durch das hygienisch weit geöffnete Fenster, direkt auf uns zu. Ich sah, wie ich mich unwillkürlich duckte und ihnen zurief, sie sollten in Deckung gehen. Ich sah, wie sie (wie in einem Alptraum, aber so furchtbar unausweichlich) meinen Worten oder der Biene keinerlei Beachtung schenken. Selbst wenn einer dieser verdammten Narren wirklich gestochen würde, wäre der Rest von ihnen so entzückt von dieser wunderhübschen kleinen Demonstration meines spezifischen Wahnsinns, daß sie auf nichts außer meinen ›Anfall‹ achten würden. Ich konnte sie in diesem abgehackten, schlüssigen, gruppenspezifischen Jargon reden hören, in dem sie sich gegenseitig in ihrem Schwachsinn bestärkten: ›Typischer Fall‹, ›Bedingter Reflex‹, ›Angstzustand – hervorgerufen durch assoziatives Symbol‹ . . . Symbol! Ich konnte nur hoffen, den gestochenen Medikus würde es an einer ganz unsymbolischen Stelle erwischen – nur hätte sein Schmerz ihre dumme Gelassenheit und blinde Selbstsicherheit wohl nicht beeinträchtigt. ›Perfektes Beispiel für Hymenopterophobie‹, ›Muß das für eine medizinische Veröffentlichung studieren; eine wertvolle Demonstration. Der alte Singleton wird von einem solch vollkommenen Fall fasziniert sein.‹ Und währenddessen würden sie mich jene langen, hellerleuchteten Gänge entlangtreiben – in einem von diesen ach so sanften ›Beweg-einen-Finger-und-dein-Handgelenk-bricht‹ -Jiujitsu-Griffen – und von dem Bündel in ihren Händen reden, von mir, als wäre ich eine Leiche, die zur Autopsie geschleppt wird!

Ich hatte gerade diesen erfreulichen Höhepunkt meiner nur allzu überzeugenden Hochrechnung für die mir verbleibenden Tage erreicht; ich malte mir gerade intensiv aus, wie Tage und Nächte konturenlos, endlos aufeinanderfolgen würden, bis ich ihrer Vorstellung von mir beipflichtete, bis ich durch meine sich nie verändernde Situation so sehr davon überzeugt wäre, sie hätten recht und ich wäre im Unrecht, daß ich mich sogar für eine Vorführung hergeben würde. Man brächte mich in das Amphitheater der Psychiatrischen Klinik, und ich hockte dort liebenswürdig in dem Demonstrationsstuhl, während die Studenten und ihre Freunde das interessante Exemplar, dieses merkwürdige Tier betrachteten und der Dozent dessen Krankengeschichte erzählte, auf die besonders interessanten Aspekte hinwies und zu guter Letzt eine Hummel in mein Gesicht fliegen ließ. Ich würde dann entgegenkommenderweise meinen akuten Anfall bekommen und von den Aufpassern abtransportiert werden. Aber im gleichen Moment, als sie auf mich lossprangen, sah ich hoch oben im Besucherteil des Hörsaaltheaters, genüßlich auf mich herabsehend – mit einem Vergnügen an dieser Tortur, die schlimmer war als ein Tod durch Gift – das Gesicht von Heregrove!

Ich war gerade bei diesem hübschen kleinen Blick in die Hölle angekommen, die mich jetzt wohl nur allzu wahrscheinlich erwartete, als ich die Schritte nicht einer, sondern zweier Personen auf dem Gartenweg hörte. Obwohl ich gut abgeschirmt war, weil ich die Vorhänge an meinen Fenstern immer dicht zuziehe – meiner Meinung nach sind Häuser nicht als Glaskästen gedacht, wie es manche moderne Architekten zu glauben scheinen – und obwohl der Weg von der Pforte zur Eingangstür um die andere Seite des Hauses herumführt (ich habe mein Schlafzimmer immer an der ruhigsten Stelle), war ich inzwischen so nervös, daß ich zurückwich und mich regelrecht in meinen Sessel kauerte. Die Eingangstür ging auf, und ich hörte gedämpfte Stimmen. Ich wußte, es war in hohem Maße unwahrscheinlich, aber irgendwie war jetzt die Vernunft keine Hilfe, und mein Gefühl sagte bei jedem Herzschlag: ›Sie wollen Dich *holen!* Sie wollen *Dich* holen!‹

Dann hörte ich Schritte auf der Treppe. Ich nahm ein kaltes, bröckeliges Stück Toast in die Hand. Es mußte aussehen, als äße ich unbekümmert. Ich mußte noch einen letzten Kampf um meine geistige Gesundheit aufnehmen, um für normal gehalten zu werden. Mir blieb kaum Zeit, auf das Klopfen zu antworten, und meine Kehle war so trocken, daß ich wahrscheinlich gar nicht deutlich ›Herein‹ hätte sagen können.

»Na, und Se sind noch nich' mal mit dem Frühstück fertig, wo ich so lang weg war!«

Es war sehr impertinent von Alice, eine derart persönliche Bemerkung zu machen, aber ich war von all dem, was ich durchgemacht und vorhergesehen hatte, erledigt. Ich spürte es ganz deutlich. Genau diese ›Impertenz‹ war etwas wie eine halbbewußte Andeutung, daß sie mich schon für beinahe unzurechnungsfähig hielt, und ein intuitiver Test, um zu sehen, ob ich aufbrausen würde. Also antwortete ich ihr mit ausgesprochen spröder, säuerlicher Stimme – wobei sie meinem Gefühl nach, wenn auch vielleicht nicht in ihren Ohren, etwas zitterte – ruhig und fest:

»Wer hat Sie ins Haus begleitet?« Obschon eine solche Frage für Dr. Jones den Geruch übelster Agoraphobie haben und sich eklatant schizophren anhören würde, meinte ich, Alice so am besten beizukommen. Schließlich war sie nach wie vor meine Angestellte und ich, die paar Tage, die man mich noch frei herumlaufen ließ, ihr Arbeitgeber. Und Gott sei Dank reagierte sie wie immer.

»Oh, bitte, Sir, es tat mir ja nur leid, daß Se das Frühstück nicht mochten. Ich wollt' nicht impertinent sein, Sir. Ich hoffe, ich werde nie vergessen, wo mein Platz ist. Und was jemanden mitbringen angeht – nun Sir, ich konnte nichts dafür. Er is' so schnell und direkt, es is' . . .« (unwillkürlich fühlte ich, daß mein Herz noch stärker schlug), »is' Mr. Mycroft.«

Bei der Erwähnung dieses Namens war mein Herz plötzlich befreit; es machte regelrecht einen Sprung. Nervensäge oder nicht, ich würde den alten Kerl jeden Tag, mein ganzes Leben lang bei mir haben wollen, wenn ich nur nicht eingesperrt würde. Und jetzt hatte ich das sichere Gefühl, daß er der einzige war, der verstehen würde und mich vor dem einen wie dem anderen schrecklichen Schicksal bewahren konnte, das mich zu ereilen drohte.

»Bitte, Alice«, sagte ich tadelnd, »lassen Sie Mr. Mycroft unten nicht warten. Gehen Sie sofort. Geben Sie ihm die Zeitung, bieten Sie ihm Tee an. Ich nehme an, er hat gefrühstückt. Sagen Sie ihm, wie erfreut ich bin, daß er vorbeigekommen ist. Teilen Sie ihm mit, daß ich gleich herunterkommen werde.«

Sie ging. Ich beeilte mich mit dem Ankleiden; ich brauche mich nicht täglich zu rasieren, außer, wenn ich besonders pingelig bin. Es ist mehr eine Massage als eine Rasur. Daher folgte ich Alice wenige Minuten später nach unten. Mr. Mycroft stand am Kamin, als ich eintrat. Ich muß sagen, seine Gegenwart war wundervoll beruhigend für mich, und das konnte ich brauchen, wie ich wohl kaum eigens betonen muß.

»Ich war verreist, Mr. Silchester«, begann er und übernahm so leicht und natürlich die Initiative: »Ich war drüben in Hungerford – das ist noch heute ein nettes, kleines Städtchen mitten in einer herrlichen Landschaft. Ich habe ein paar Spaziergänge unternommen, während ich dort war. Kennen Sie den Ort? Vielleicht machen Sie sich nicht viel aus dem Spazierengehen? Mir bereitet es viel Freude, aber ich habe schon immer zu den Jägern und Sammlern gehört. Um wirklich Spaß zu haben, muß ich mir immer irgendein kleines Ziel, eine kleine Sehenswürdigkeit vornehmen.«

Da sprach er nun über sich selbst, aber irgendwie war das heute wirklich eine Erleichterung. Nur allzubald würden wir zu meinem Fall kommen müssen, und solange Mr. Mycroft da war, fühlte ich mich sicher. Ich fand, ich sollte irgendeine kleine Bemerkung machen.

»Hat dort nicht dieser amüsante Schriftsteller Lytton Strachey gelebt?«

»Ja; während meines längsten Spaziergangs kam ich an seinem Haus vorbei. Aber ich war nicht auf literarischer Pilgerfahrt. Sein Haus liegt im Tal kurz vor dem schönsten Wandergebiet Englands, den Hängen der North Downs. Da wollte ich hin. Direkt gegenüber den Fenstern jenes Hauses erhebt sich der Inkpen Beacon. Eigentlich nur aus romantischem Interesse bin ich zu diesem Berg gegangen, nachdem ich meine kleine Jagd beendet hatte.« Ohne mich anzusehen, fügte Mr. Mycroft hinzu: »Früher stand ein Galgen auf dem Gipfel. Der letzte Mann, der dort gehängt wurde, war ein bemerkenswerter Mörder. Eigentlich hätte ich gedacht, damals, vor mehr als einem Jahrhundert, hätte er davonkommen müssen. Aber sie konnten ihn vollständig überführen. Ich habe den Fall in Hungerford nachgelesen. Er war ein kleiner Bauer aus der Gegend, der nicht weit von

Lytton Stracheys Haus entfernt wohnte.« Dann wandte Mr. Mycroft sich mir zu und sagte: »Er ermordete seine Frau mit so genialer Einfachheit, wie ich ihr sonst in den Annalen des Mordes nie begegnet bin: indem er sie in einen Schwarm von zornigen Bienen stieß.«

Ich spürte, wie ich bleich wurde.

»Aber«, fuhr er fort, »selbst damals schon wurde er gefaßt. Und obwohl die Zeit jede Fertigkeit verbessert, selbst die im Teuflischen, verbessert sie auch unsere Verteidigungsmöglichkeiten.«

Ich raffte meinen Mut zusammen.

»Mr. Mycroft, es war außerordentlich liebenswürdig von Ihnen, so prompt vorbeizukommen. Ich gehe nicht davon aus, meine Verfassung vor Ihnen verbergen zu können, eine Verfassung, in die . . .«

»Ja«, sagte er mit tröstlicher Bestätigung. »Ich habe viele Menschen gesehen, die glaubten, sie seien tapfer und zäh, die aber unter einer Belastung wie der, die Sie durchgemacht haben, zusammenzubrechen drohten.«

Diese Freundlichkeit – die ich als die wahrhaft professionelle oder ärztliche Haltung bezeichnen würde (ich war nun ziemlich sicher, daß der Alte Arzt gewesen war) –, dieses überlegene Verständnis ging mir wirklich nahe. Er nahm meine ausgestreckte Hand – die wohl reichlich zitterte – und hielt sie mit einem bemerkenswert beruhigenden Griff fest.

»Sie haben ein nützliches und gefährliches Stück Arbeit geleistet«, sagte er – eine originelle Art, jemanden zu trösten, der fühlte, daß er sich im Grunde wie ein ungeschickter, einfältiger Narr benommen hatte, der trotz aller Warnungen darauf bestanden hatte, seine dämliche Nase im nur zu wörtlichen Sinne in ein Hornissennest zu stecken und den die Angst jetzt beinah um den Verstand brachte.

»Sie haben Heregrove angelockt«, fuhr er fort. »Wir waren uns einig darin« (das war wieder freundlich; es war, natürlich, ausschließlich seine Diagnose gewesen), »daß Heregrove der typische ›Mörder-mit-der-zündenden-Idee‹ ist.«

Ich erschauderte bei dem Wort, aber es war nur zu wahr.

»Dieser Typ liest in der Regel ungeheuer viele Detektivgeschichten, und die, wie Ihnen zweifellos bekannt ist, sind degeneriert wie vieles von unserer Lebensweise und von unseren Sitten – wenn Sie eine Formulierung verzeihen, die wie die Krittelei eines alten Mannes klingen mag. Anfangs ging es Detektivgeschichten um den gesunden Menschenverstand, die geschulte Beobachtung und vielleicht einen geduldigen hingebungsvollen Glauben an die Möglichkeit, Dinge ordnen zu können. Diese drei Aspekte waren miteinander im Bunde – nicht unbedingt, um das Gesetz zur Geltung zu bringen, sondern um dem Verbrecher zu zeigen, daß er nicht gewinnen konnte, daß, wenn Intelligenz und Scharfblick in die Waagschale geworfen werden, die Waage zu guter Letzt immer auf seiten von Recht und Ordnung ausschlägt.«

Der alte Mann kam in Fahrt, aber wieder spürte ich nur Erleichterung. Ich dachte an eine lange schwerfällige Hilfstruppenkolonne, die sich beharrlich durch Hohlwege windet, um die Belagerung einer schwerbedrängten Garnison zu beenden.

»Aber jetzt«, fuhr er fort, »ist es der Gentleman-Einbrecher, der dem Publikum wirklich gefällt. Oh, ich weiß, die Filme müssen den FBI-Mann zeigen, der seinen Gangster zu fassen bekommt, aber das ist nur eine Pflichtübung. Die Öffentlichkeit muß solche Bilder sehen, weil sie glaubt, daß sie das vor jungen Nachwuchskriminellen schützt. Aber in Wirklichkeit stellen sich die Leute gern vor, wie sie im tadellos sitzenden Abendanzug lässig das Kasino in Monte Carlo ausrauben. Nun, einige setzen ihre Tagträume in die Tat um. Sie denken, sie haben *die* Idee. Ich habe Ihnen gezeigt, daß die hier nicht ganz so neu ist, wie unser Freund glaubt. Sie leiden an etwas, was so alt ist wie die Welt; an der Rückkehr ›in ein dunkles Haus, zu einem verhaßten Weib‹. Vertauschen Sie die Rollen, und die Geschichte ist so alt wie die Mauern Mykenes und der Trojanische Krieg, so alt wie der Mord Klytämnestras an Agamemnon in seinem Bade – älter, wenn wir nur etwas davon wüßten. Sie töten, und wenn sie dann Blut geleckt haben, müssen sie weiter morden, wie die meisten Tiere, die den Instinkt zum Töten im Blut haben. Nichts anderes gibt ihnen ein solches Machtgefühl – und dieses Gefühl brauchen sie wie die Luft zum Atmen. Alle Mitglieder der menschlichen Rasse – diese stolzen, erfolgreichen, verhaßten Wesen – sind in der Hand des Mörders. Ihnen mag er als Versager erscheinen. Sie sollten sich lieber in acht nehmen! Wenn es seiner Laune gefällt, sind sie – nur noch Aas.«

Meine eigene Lage veranschaulichte das nur allzu offenkundig – der zufällig in unmittelbarer Nähe wohnende Nachbar folgt der verhaßten Ehefrau in die Vergessenheit.

»Was sollen wir tun?« wagte ich einzuwerfen.

»Mr. Silchester«, sagte er und sah mich direkt an. »Ich werde nun eine Bitte wiederholen.«

»Sie brauchen keine Angst zu haben«, unterbrach ich ihn. »Ich werde niemals wieder in die Nähe von Heregroves Haus gehen.«

»Mein damaliger Wunsch«, fuhr er ruhig fort, »war ein doppelter. Zum einen sollten Sie nicht allein gehen, was sich als richtig erwiesen hat. Zum anderen ...« Er sah, daß ich bleich geworden war – ich erinnerte mich nur allzu gut. Aber er fuhr gelassen fort: »Zum anderen sollten Sie mich Ihrem Bekannten, Mr. Heregrove, vorstellen.«

»Aber das kann ich nicht tun! Das wäre Selbstmord für uns beide. Der bloße Anblick des Mannes ließe mich zittern, und dann brächte er seine Viecher bestimmt dazu, uns anzugreifen, wenn sie das nicht schon von sich aus tun. Könnten Sie denn nicht alles, was Sie wissen, der Polizei vorlegen? Könnten Sie ihn nicht verhaften lassen?«

»Das britische Recht ist ein vornehmes ehrwürdiges Gebäude«, erwiderte er versonnen, »aber wie die meisten imposanten Schutzwälle, die Stein um Stein, Jahr um Jahr in Jahrhunderten errichtet wurden, hat es viele, viele Lücken. Die Freiheit des Subjekts erfordert, daß sie durch das Rechtsgebäude nicht zu stark eingeengt werden darf. Denn Leben und Gesetz kommen nie problemlos miteinander aus, und wir müssen für unser Recht auf Exzentrik damit bezahlen, daß wir gelegentlich einen Verbrecher durch die Lücken schlüpfen und davonkommen lassen.« Dann sagte er mit plötzlicher Schärfe: »Es gibt nicht den Schatten eines Beweises, aufgrund dessen man vor Gericht gehen könnte. Seine Unschuld am Tod seiner Frau ist erwiesen. Ein Gerichtshof hat auf Unfall erkannt. Und was Ihre Lage angeht: Sie wurden in Ihrem Haus angegriffen, und niemand hat diesen Vorfall auch nur gesehen. Ihre Angestellte ist wohl nicht gerade schweigsam. Man braucht sie nicht erst zu fragen, bevor sie Neuigkeiten und ihre Ansichten dazu mitteilt. Sie hegt tiefempfundenes Mitgefühl für Sie, weil Sie irgendeinen Schock erlitten haben. In ihrer Familie haben sich, soviel ich verstand, ähnliche Dinge zugetragen. Aber sie bezweifelt mit Sicherheit, daß der Grund dafür irgendwo anders zu suchen ist als ›in der Familie‹, wie sie es ausdrückte. Heregrove könnte den Spieß sogar umdrehen – dreist genug ist er dafür zweifellos – und behaupten, Sie verleumdeten ihn, versuchten, ihn zu ruinieren; Sie seien entweder ein Erpresser oder ein Neurotiker an der Grenze zum Irrsinn. Bedenken Sie, Mr. Silchester, ein Exzentriker hat wenig Freunde.«

Das stand so sehr in Einklang mit meinen eigenen düsteren Überlegungen, die sein Besuch unterbrochen hatte, daß ich in angstvolles Schweigen versank.

»Aber bedenken Sie ebenfalls«, fuhr er bewußt aufmunternd fort, »Heregrove ist auch auf eigenartige Weise hilflos, eigenartig gefangen in seiner Bösartigkeit. Er gleicht einer dieser langsamen, ungelenken giftigen Echsen, die ihren Giftstachel nicht einsetzen können, wenn man auf sie losspringt und sie auf eine bestimmte Weise zu fassen bekommt.«

Er sah, daß ich immer noch bedrückt und keineswegs überzeugt war. Also fügte er hinzu: »Glauben Sie mir, es gibt keinen sichereren Ort für Sie als Heregroves Haus. Er spielt ein Spiel; er perfektioniert sein geliebtes machtverleihendes Mordwerkzeug. Er wird nicht alles dadurch verderben, daß er in einem Moment zuschlägt, wo er die Leiche auf dem Halse hat.«

Dieser Ausdruck behagte mir ganz und gar nicht, aber er klärte die Situation eindeutig, wenn auch schmerzlich.

»Nein, nein, in seinem Haus werden Sie unter Heregroves Schutz stehen. Manche Spinnen erkennen eine Fliege nur, wenn sie sich in ihrem Netz befindet. Heregrove kann Sie umgekehrt nur töten, wenn Sie außerhalb seines Netzes sind.«

Begreiflicherweise zögerte ich immer noch. Mr. Mycroft sah mich erneut scharf an.

»Und bis wir nicht in das Haus hineinkommen, werden wir ihn nie von Ihrer Spur abbringen. Ich bitte Sie, sich hier nicht zu täuschen. Ich kenne mich in dieser Art Psychologie besser aus, als das bei Ihnen der Fall sein dürfte. Er ist im Moment immer noch entschlossen, Sie – mit seinem perfekten Schuß aus der richtigen Entfernung – zu erwischen, wie der Golfer, der nicht eher zum dritten Grün weitergeht, als bis er am zweiten eingelocht hat. Sie sind die Nummer 2 auf seiner Abschußliste.«

Ich wußte nur zu gut, daß er recht hatte.

»Ich muß Ihnen noch erzählen«, antwortete ich einlenkend, »Heregrove kam kurz vorbei, genau an dem Tag, an dem er mich ermorden wollte!«

»Ja, Ihr Mädchen Alice erzählte mir von seiner, wie Sie es nannte, ›Impertenz‹, ohne sich allerdings über das ganze Ausmaß seiner Dreistigkeit im klaren zu sein. Sie hat offensichtlich etwas von dem intuitiven Gespür eines Tieres für Bösartigkeit, auch wenn sie den eigentlichen Angriff auf Sie für reine Einbildung hält. Sie ist ein interessanter Fall: An ihr kann man sehen, wo gesunde Intuition ungenutzt bleibt, weil der Verstand zu rudimentär ausgebildet ist, um präzise zu argumentieren, und die Aufmerksamkeit zu sehr von einem Spatzenhirn gelenkt wird, um korrekt zu beobachten.«

»Aber Mr. Mycroft, das Schlimmste kann sie Ihnen gar nicht erzählt haben. Nachdem er weg war, ging ich nach unten und entdeckte, daß er das Taschentuch aus meiner Jacke genommen hatte, die von der Tür aus zu sehen war. Alice hatte er mit einer fingierten Botschaft zu mir nach oben geschickt! Verstehen Sie?«

»Sie brauchen mir nichts zu erklären«, unterbrach er mich. »Ich weiß, ich erscheine Ihnen umständlich, aber ich werde Ihre Zeit in diesem Fall nur dann mit unnötigen Einzelheiten verschwenden, wenn's nicht anders geht. Die Zeit drängt. Nur soviel: die Entwendung Ihres Taschentuchs spielt, glaube ich, keine direkte Rolle – sie erhöht die Gefahr, in der Sie sich ohnehin schon befinden, keineswegs. In dieser Angelegenheit haben wir Zeit. Sie brauchen mir auch das mit Ihrer Jacke nicht zu erklären. Als ich bei unserem ersten Treffen mal wieder laut dachte, was Ihnen damals so auf die Nerven ging, nannte ich mich doch plötzlich senil oder fragte mich zumindest, ob ich's nicht langsam würde. Erinnern Sie sich? Ich hatte diesen Schritt Heregroves nicht vorhergesehen.«

»Ja, wir sprachen davon, daß Insekten Geräusche hören können, die wir nicht wahrnehmen, wie bestimmte Insekten auch Geruchsspuren durch den Geruch über große Entfernungen hinweg verfolgen können.«

»Nun, das war der Grund, warum ich Sie bat, nicht allein zu Heregrove zu gehen. Ich war sicher, er wünschte Ihren Besuch, und genauso sicher war ich, daß – wenn Sie allein kämen – er versuchen würde, Sie mit irgendeinem Zeichen zu versehen, anhand dessen seine Bienen Sie aufspüren konnten. Sie haben ihm perfekt in die Hände gespielt. Würden Sie mir jetzt bitte ganz genau erzählen, was er gemacht hat?«

Ich berichtete es ihm exakt so, wie ich es bereits niedergeschrieben habe. Sein Gesicht leuchtete auf.

»Faszinierend«, war sein erster und, wie ich fand, reichlich herzloser Kommentar. Er sah, daß ich pikiert war und fügte sofort hinzu: »Ich wiederhole, Sie haben uns allen einen wertvollen Dienst damit erwiesen, daß Sie hingegangen sind und das Risiko auf sich genommen haben. So haben Sie Heregrove veranlaßt, seine Karten auf den Tisch zu legen, bevor er alles perfekt vorbereitet hatte. Ich glaube, Sie haben erreicht, daß die Pistole nur halbgespannt oder nur halbgeladen losging. Er war noch nicht ganz fertig, sonst hätte er irgendeinen Weg gefunden, Sie zu sich zu bitten. Aber er konnte einfach nicht widerstehen, als er glaubte – alle Mörder dieses Schlages sind größenwahnsinnig –, das Schicksal habe Sie mit Absicht in seine Hände gespielt. Er wird das Schicksal noch kennenlernen, bevor er ausgespielt hat. Inzwischen dürfen wir aber bei unserer Vorbereitung von Gegenmaßnahmen nicht denselben Fehler machen. Sie werden jetzt verstehen, daß wir ihn aufsuchen *müssen.* Der Trick mit der Jacke ist fehlgeschlagen; lassen Sie sie vorsichtshalber verbrennen. Legen Sie sie heute nacht mitten in das Feuer hinten in Ihrem Garten, wo jetzt Unkraut und Gras vor sich hinqualmen – nachts, wohlgemerkt. Manche virulenten ätherischen Öle, wie das der widerlichen Gifteiche im Südwesten der Vereinigten Staaten, riechen nämlich noch durchdringender und aufreizender, wenn sie brennen. Das aber würde schlicht bedeuten, daß Sie Ihren Vampiren signalisieren, sie sollten doch bitte herüberkommen und Sie wieder angreifen. Und jetzt zeigen Sie mir mal Ihre Hand.«

Ich zeigte ihm die Finger, die beschmiert worden waren. Bei meinen ganzen Scheueraktionen war nichts zurückgeblieben, was meine Nase noch hätte wahrnehmen können; doch er bestand darauf, reinen Alkohol zu holen und die Finger solange damit abzureiben, bis die Haut wund war.

»Und hier ist etwas, das die Duftspur verwischt oder besser gesagt, sie unter einer Schicht begräbt, die der Duft nicht mehr durchdringen kann«, sagte er und zog ein kleines Fläschchen aus der Tasche. »Ich habe diese Mixtur mitgebracht, weil ich dachte, Heregrove würde auf irgendeine Art versuchen, Sie ›dem Untergang zu weihen‹, wie unsere Vorfahren das – im übrigen ganz treffend – ausgedrückt hätten. Nach meiner Erfahrung bringt diese Mixtur den Geruchssinn eines Tieres gründlicher durcheinander als jeder andere Duftstoff. Sie besteht zu gleichen Teilen aus Zitronengras, Baldrian und Anissamenöl.«

Während er meine Finger einrieb, die vom Alkohol schon ziemlich brannten, setzte er hinzu: »Gehen Sie jetzt bitte nach oben, und waschen Sie sich die Hände. Wir wollen doch nicht, daß Heregrove uns riecht – denn schlau genug ist er, ›unseren Braten‹ zu riechen. Wir müssen nur sichergehen, daß seine Bienen unsere Spur verlieren. Sie werden bestimmt diese Mixtur riechen und Sie nicht als den Mann erkennen, den sie noch vor kurzem voller Wut töten wollten. Die Stimme ist vielleicht die von Jakob, der Geruch aber wird der von Esau sein.«

Schon wieder diese Zitate; der alte Mann kam aber wirklich vom Hölzchen aufs Stöckchen! Ich hatte keine Lust, mir seine Tiraden anzuhören. Mir schwirrte der Kopf. Es war nur allzu offensichtlich, er drängte mich, uns sofort ins Gefecht zu stürzen und auf der Stelle Heregrove einen Besuch abzustatten. Ich möchte fast sagen, daß er mich als sein Streitroß schmückte.

»Hören Sie«, begann ich lahm, vielleicht nur in der Hoffnung, Zeit zu gewinnen.

Er erkannte sofort meine Absicht und antwortete klar und schnell.

»Doch, wir müssen sofort gehen. Wir müssen verhindern, daß er auch nur einen Augenblick mehr Zeit gewinnt. Die Tatsache, daß Sie ihn wieder aufsuchen, wird für ihn bei seiner ungebrochenen Selbstgefälligkeit der letzte Beweis sein, daß Sie unfähig sind, zwei und zwei zusammenzuzählen und folglich nicht den mindesten Verdacht hinsichtlich seiner Absichten hegen. Selbst wenn Sie den Angriff erwähnen sollten, wird er Ihnen staunend sein Mitgefühl ausdrücken, von den Geheimnissen des Instinkts reden und davon, wie ungefährlich für ihn der Umgang mit den Bienen ist, es sei denn, sie können seine Begleitung nicht ausstehen. Sie sind seine Freunde wie seine liebe kleine Stute – die er übrigens vergiftet hat –, und wie gut kann er Ihre Gefühle verstehen, wo er seine liebe Frau doch auf die gleiche sonderbare Weise verloren hat. Die Tatsache, daß Sie einen liebenswürdigen, wenn auch langweiligen alten Gentleman mitbringen, der ebenfalls begierig ist, Honig zu kaufen, wird für ihn der endgültige Beweis Ihrer Beschränktheit sein. Man führt einem Händler wohl kaum neue Kunden zu, von dem man weiß, daß er einen gerade betrügen wollte.«

»In Ordnung«, sagte ich resigniert.

Einzig das Gefühl, daß ich nur die Wahl hatte, entweder in die Höhle des Löwen zurückzugehen oder um mein Haus, meinen Verstand oder gar mein Leben gebracht zu werden – einzig ein so offenkundiges Dilemma ließ mich in den Plan einwilligen. Aber selbst meine Zustimmung war meinem seltsamen Mitstreiter noch nicht genug.

»Nein.« Er legte den Kopf auf die Seite und sah mich an. »Sie müssen Ihre Rolle schon ein klein bißchen überzeugender spielen. Im Moment sehen *Sie* aus wie derjenige, um dessen Hals sich die Schlinge langsam zuzieht. Trotz all seiner krankhaften Selbstüberschätzung, Ihr Anblick würde Zweifel in Heregrove wecken – und wenn er die bekommt, ist's um uns geschehen.«

Ich versuchte zu lächeln, aber das Ergebnis war allenfalls ein dünnes Grinsen.

»Es tut mir leid«, sagte Mr. Mycroft. »Sie müssen dieses Lächeln *spüren,* wenn es uns irgend etwas nützen soll. Sie wissen, wir werden dort ständig unter Beobachtung stehen, und das nicht nur von einem Paar scharfer, schlauer, wenn auch verblendeter menschlicher Augen. Wir werden zudem unter der instinktiven Überwachung hunderter kleiner Detektive stehen, die nicht nach unserem Aussehen, sondern nach unserem Geruch urteilen werden. Sie werden in dem Moment versuchen, uns zu töten, in dem wir hinlänglich verdächtig scheinen oder – besser gesagt – riechen. Sie haben vom ›Geruch der Angst‹ gehört? Es ist das Adrenalin, was die Furcht in unseren Schweiß mischt, wenn uns, wie wir sagen, der kalte Angstschweiß ausbricht, und das passiert in der Tat lange, bevor wir die Feuchtigkeit überhaupt registrieren. Dieser Geruch ist es, der alle Tiere und ganz besonders Bienen extrem provoziert und, wenn er penetrant wird, geradezu verrückt macht. Die Bienen, die wir gleich besuchen werden, sind schon irre genug, als daß wir ihnen noch den geringsten weiteren Vorwand geben dürften, sich provoziert zu fühlen. Es wäre kein großer Trost für uns, wenn wir durch ihren Angriff ein wenig früher getötet würden, als Heregrove es geplant hat.«

»Oh, halten Sie mich da raus!« unterbrach ich ihn.

»Nein«, erwiderte er. »Sie wissen selbst sehr gut, daß dies der einzige sichere Weg ist. Wir müssen in diesen sauren Apfel beißen. Und je länger wir es aufschieben, um so schlimmer wird es, ganz abgesehen von der Tatsache, daß Heregrove wieder zuschlagen könnte, wenn wir ihm noch mehr Zeit lassen.« Sein gebieterischer Ton wurde jovialer. »Aber ich dachte mir, dieser notwendige Schritt gegen unseren Feind könnte Ihnen mehr abverlangen, als Sie zu leisten vermögen. Was auch immer Sie wünschen und für wie notwendig Sie es auch halten mögen, ich weiß, daß es für Sie unmöglich sein würde, die Sache als nettes, spannendes Abenteuer zu betrachten. Da dies für Ihre Rolle in unserem Stück aber unbedingt notwendig ist, wenn Sie den größeren Teil unseres Publikums überzeugen wollen – falls die uns auspfeifen, sind wir verloren –, schlucken Sie einfach das hier. Es ist nur Benzedrinhydrat. Völlig harmlos. Man sollte davon nicht leben, aber es rettet über kleine Auftritte wie diesen hier hinweg, und man schauspielert damit überzeugend.«

Ich beäugte die kleine weiße Tablette mißtrauisch; ich hasse Drogen. Wenn ich schlechter Stimmung bin, warte ich, bis sie vergeht. Ich halte nichts davon, wegen meines Seelenlebens ein großes Aufheben zu machen; weiß man denn jemals, was man tut, und warum was in einem vorgeht? Aber vermutlich schluckt jeder Verbrecher auf dem Weg zum Schafott nur zu bereitwillig das rituelle Quantum Brandy, selbst wenn er bis dahin den Geschmack immer gehaßt hat. Ich schluckte die Tablette hinunter. Mr. Mycroft ließ mich einige Zeit auf und ab laufen und ging dabei unsere Vorkehrungen noch einmal durch. Während er sprach, wurde mir zunehmend klarer, daß er ein Genie und Heregrove ein bösartiger Narr war, den wir in unserer Gewalt hatten.

Diese Stimmung blieb, selbst als wir vor Heregroves Tür standen, ja, sie wurde eher noch stärker, als ich hörte, wie Mr. Mycroft mir die ganze Partie aus der Hand nahm und – das muß ich zugeben – unnachahmlich spielte. Jede Spur der umständlichen alten Nervensäge war verschwunden. Seine sprühende Lebhaftigkeit und sein Einfallsreichtum bestachen durch einen geradezu schuljungenhaften Charme. Ohne Zweifel war er ein erstaunlicher Schauspieler, aber ebenso klar war mir, daß er jetzt wirklich in Hochstimmung war, ein alter Jäger, der noch einmal wie ein Hund mit erhobener Nase einer starken Fährte folgte, ein alter Kämpe, der noch einmal leuchtenden Auges der Gefahr entgegensah. Romantische Vergleiche und abgegriffene dazu, ich weiß, aber ich muß die Dinge niederschreiben, wie sie passierten, und genauso habe ich ihn damals wahrgenommen. Das erklärt ein wenig den ungewöhnlichen Einfluß, den er auf mich ausüben konnte.

Heregrove hatte beim Öffnen keineswegs gastfreundlich gewirkt, obwohl er seine Mimik beherrschte, und war offenkundig ebenso entschlossen, entspannt zu erscheinen, wie abgeneigt, uns als gefährlich oder verdächtig einzustufen; augenscheinlich sahen wir nicht so aus. Da war also dieser junge Narr, der schon einmal seinen dämlichen Kopf in die Falle gesteckt hatte, und jetzt tat er das schon wieder, so dumm wie eine blauäugige Forelle, die denselben Köder, nachdem sie schon in tiefes Wasser entkommen war, innerhalb von fünf Minuten zum zweiten Mal verschluckt. Da machte er also einen weiteren Besuch bei dem Mann, der entschlossen war, ihn kaltblütig zu ermorden. Und da bringt er auch noch einen alten, herumtollenden Hanswurst mit, der auch hinter Honig her ist und gut als Demonstrationsobjekt Nr. 3 für den perfekten, keine Spuren hinterlassenden Mörder dienen könnte.

Mr. Mycroft erkundigte sich gerade nach Honig. Er hatte sich vorgestellt und mit entwaffnender Offenheit über sein Versagen gesprochen, selbst Bienen zu halten. Er vermutete, er habe wohl den Dreh nicht raus und sei jetzt zu alt, um es noch zu lernen. Sein einziger Wunsch sei gewesen, seine Versorgung mit Honig zu sichern. Er verstehe nichts von diesen merkwürdigen Insekten und gestand, er finde es schon schwierig, ihre normalen

Gepflogenheiten zu verstehen, ganz zu schweigen von ihren Schrullen, ihren Vorlieben und Abneigungen und von ihren Krankheiten, von denen es unendlich viele zu geben scheine und bei denen jede einzelne geheimnisvoller als die andere sei. Dann habe ihm sein junger Freund hier erzählt, daß er an diesem Ende des Dorfes jemanden kenne, der ihn schon seit langem mit exzellentem Honig versorge.

»Vielleicht verstoße ich mit meinem Besuch gegen die dörfliche Etikette. Jede Gemeinschaft hat ihre Regeln, die der Außenseiter erst lernen muß. Also habe ich Mr. Silchester überredet, heute nachmittag mitzukommen.«

An dieser Eröffnung war nichts besonders Raffiniertes, doch sie hatte ein undefinierbares Flair von dieser ruhigen heiteren Sicherheit, die eine Atmosphäre schafft, in der die Gegenseite ganz einfach die Initiative des anderen akzeptieren und für bare Münze nehmen muß.

»Oh, kommen Sie rein, kommen Sie rein«, sagte Heregrove.

Er mußte offensichtlich Boden preisgeben, wie ein Mann mit schwächerem Handgelenk, schlechterem Auge und geringerer Geschicklichkeit Terrain an den stärkeren Fechter abtreten muß. Zu meiner Überraschung ertappte ich mich bei dem Gefühl, daß wir die Angreifer waren, daß Heregrove sich in Gefahr vor uns befand und nicht umgekehrt. Wir betraten das düstere Wohnzimmer, und nachdem es ihm gelungen war, uns dort ›abzuladen‹, bemühte er sich wegzukommen.

»Ich geh' gerade mal rüber und hole Ihnen den Honig. Er ist am Ende des Gartens, wie Mr. Silchester weiß.«

Daß er sich auf mich berief, steigerte – irgendwie – meinen Mut noch mehr. Ich würde jetzt bestimmt solange nicht nach Angst riechen, wie mir klar war, daß unser Feind – so wenig ihm das auch bis jetzt ins Bewußtsein gedrungen sein mochte – sich unterbewußt so unwohl fühlte, daß er sich das Recht von mir bestätigen lassen mußte, einen alten exaltierten Mann und einen jungen Einfaltspinsel zu verlassen, ohne Verdacht zu erregen.

Mr. Mycroft entdeckte mit der Schnelligkeit eines Fechters die Lücke in der Deckung seines Gegners.

»Als wir uns draußen unterhielten, habe ich Ihren Garten ausspioniert. Ich glaube gesehen zu haben, daß Ihre Tulpen ein paar ungewöhnliche Streifen aufweisen. Ich wünschte nur, ich verstünde so viel von Bienen wie von Tulpen. Ich würde eine bescheidene Wette eingehen, daß Sie da eine sehr interessante Mutation besitzen. Vielleicht hat hier der Zufall der Geschicklichkeit geholfen? Das Studium der Chromosomen von Tulpen fasziniert mich, wie ich gestehen muß.«

Mit diesem schnellen Geplauder eines Zauberers zwang Mr. Mycroft dem zurückweichenden Heregrove sanft, fest und unwiderstehlich seine Gesellschaft auf. Ich folgte ihnen, und so gingen wir drei den Gartenweg entlang, auf dem ich mich noch vor so kurzer Zeit kaum anders als ein Flüchtling gefühlt hatte, gebrandmarkt mit dem Mal des Todes. Als wir dieses erstaunliche Beet mit späten Mittsommertulpen erreicht hatten – das ich selbstverständlich nie zuvor bemerkt hatte –, murmelte Heregrove irgend etwas davon, daß er nichts von Blumen verstünde, und der Zustand der Blumenbeete bestätigte das völlig. Aber Mr. Mycroft wollte nichts von dieser ›falschen Bescheidenheit‹ hören, wie er es nekkend nannte.

»Offenkundig sind Sie, mein lieber Herr, nicht einer von diesen ermüdenden, kleinkarierten Sonntagsgärtnern, aber Glück hin oder her, hier haben Sie eine

Pflanze, die das Interesse eines Botanikexperten sehr wohl wert ist. Ich kann diesen Titel nicht für mich in Anspruch nehmen, aber ich kann sehr wohl von mir behaupten, daß ich in der Lage bin, eine bemerkenswerte Variante zu erkennen, wenn ich sie sehe.«

Er bückte sich, untersuchte die Pflanze, sah in die ziemlich eng aneinander liegenden Blütenblätter und betrachtete die Staubbeutel oder Staubgefäße oder wie auch immer Botaniker diese mandelförmigen Dinger bezeichnen, die Pflanzen in ihren Kehlen haben.

Dann sagte er plötzlich, während er sich wieder aufrichtete: »Aber wir vergessen unseren Honig.«

Heregrove war dicht neben Mr. Mycroft stehengeblieben. Er war ganz offensichtlich auf Mycrofts scheinbaren Bona-fide-Enthusiasmus hereingefallen, und ebenso offensichtlich war er ratlos, wie er mit dem alten Langweiler fertig werden und ihn in gehöriger Entfernung von Orten halten konnte, wo dessen lange Nase Dinge wittern könnte, die nicht ganz so süß und harmlos waren wie der schwache, saubere Duft der Tulpen.

»Die Bienen neigen jetzt zur schlechten Laune; angespannte Nerven am Ende der Saison.« Heregrove versuchte, daraus einen kleinen Witz zu machen. »Sie sollten ihnen besser nicht zu nahe kommen.«

Ich glaubte, er würde mich fragend ansehen. Im nächsten Moment ging er mit schnellen Schritten zu dem kleinen Schuppen hinüber. Bienen auf dem Weg zu den Stöcken und zurück zu den Blüten flogen direkt über unseren Köpfen hin und her. Aber keine von ihnen beachtete uns. Im gleichen Augenblick, als Heregrove sich von uns abwandte, erregte etwas Neues die Aufmerksamkeit meines lebhaften alten Begleiters.

»Gott sei mir gnädig«, sagte er und eilte durch den Garten, »wenn das nicht eine Rotkappe ist, die da drüben in der Nähe der Stalltür wächst. Natürlich ist sie nicht selten, aber in dieser Gegend – da wäre jeder Mykologe überrascht! Ich muß einen Blick darauf werfen; vielleicht ist es eine lokale Variante.«

Heregrove hatte sich umgedreht, seine Hand ruhte auf dem Riegel zum Honigschuppen, und er hatte schon einen Fuß über die Türschwelle gesetzt. Als er sah, wie der liebe, alte Mr. Mycroft eiligst über die Pferdekoppel strebte, wurde sein Gesicht von etwas überzogen, das viel mehr Entsetzen als Wut glich. Ich stand zwischen den beiden und sah von einem zum anderen.

»Mr. Mycroft«, rief er, »kommen Sie hierher!«

»Nur einen Moment ... Rotkappe ... merkwürdiger Standort«, drangen Mr. Mycrofts Worte über seine Schulter zu uns.

Plötzlich kam Heregrove, wobei er die Tür des Schuppens offenließ, in großen Sätzen über den schmalen Gartenstreifen geeilt und hetzte – ohne einen Blick auf mich zu werfen – an mir vorbei auf Mr. Mycroft zu. Ich dachte, alles wäre aufgeflogen – er würde uns hier und jetzt umbringen. Ich blieb natürlich stocksteif stehen. Handeln ist – wie man jetzt deutlich sieht – nicht meine Sache. Ich bin allerdings ein ganz guter Beobachter, trotz allem, was Mr. Mycroft denken mag. Ich kann mich an die ganze Szene noch so genau erinnern, als ob ich eine Photographie davon vor mir liegen hätte. Heregrove hörte so plötzlich auf zu laufen, wie er angefangen hatte, und ging nun ruhig weiter. Das, so wurde mir klar, konnte nur bedeuten, er erkannte, daß er zu spät kommen würde. Als er die Stalltür erreichte, kam Mr. Mycroft gerade wieder aus dem Schuppen heraus.

Ich hörte, wie er mit klarer, lebhaft interessierter Stimme sagte: »Die Sporen haben sich nach innen verstreut. Die Fungi sind wirklich das Interessanteste in der

Pflanzenwelt. Hier allerdings ist selbstverständlich Ihre Tulpe die große Sache. Ein botanischer Höhepunkt für mich! Wirklich vielen Dank. Oh, Sie haben den Honig noch nicht. Sie hätten sich nicht die Mühe machen sollen herüberzulaufen, als ich rief. Ich bin immer so aufgeregt, wenn ich eine Pflanze entdecke. Experten sind das viel zu oft in ihren Spezialgebieten. Das macht sie zu Langweilern, fürchte ich. Gewöhnliche normale Menschen können diesen ganzen Enthusiasmus nicht verstehen – er wirkt affektiert, beinahe lächerlich.«

Ich konnte sehen, wie Heregrove mit sich rang, aber er hatte keine Chance, irgend etwas zu tun. Mr. Mycrofts Überlegenheit und die Interpretation unseres Besuchs, die Mr. Mycroft Heregrove als offenkundige Wahrheit aufgezwungen hatte, forderten exakt die Vorgehensweise, zu der ihn auch seine eigenen Vorsichtsmaßnahmen drängten. Ich erkannte jetzt, er konnte sich einen Ausbruch vor den Augen zweier Zeugen einfach nicht leisten. Ich dachte, er würde platzen. Er war kaum Herr seiner Stimme, als wir uns verabschiedeten und uns mit dem Honigpaket zum Gehen wandten. Er murmelte die konventionellen Höflichkeiten, und ich konnte sehen, wie die Ader an seiner Schläfe unter dem erhöhten Blutdruck pulsierte.

Als wir uns außer Hörweite befanden, war Mr. Mycrofts erste Bemerkung jedoch alles andere als aufmunternd.

»Wir werden unseren Besuch wiederholen müssen.«

»Könnten Sie nicht allein gehen, jetzt, wo Sie ihn kennen?« war meine ziemlich schäbige, aber eigentlich ganz natürliche Entgegnung.

Ich schämte mich, als ich das gesagt hatte, und war daher richtig ein bißchen erleichtert, als Mr. Mycroft, statt mich ins Gebet zu nehmen, wie er es durchaus gekonnt hätte, nur antwortete: »Die Wirkung des Benzedrinhydrats läßt nach. Sie werden sich jetzt etwas erschöpft fühlen. Sobald wir diesen äußerst dubiosen Kauf in Ihrem Garten vergraben haben, sollten Sie sich lieber hinlegen.«

Ich fühlte mich noch beschämter, als wir in den von einer Backsteinmauer umgebenen Teil meines Gartens gingen, der hinter meinem Haus liegt, und Mr. Mycroft sich daran machte, ein breites, tiefes Grab für den verfluchten Honig zu graben – mit einer Energie, die ich wirklich nicht aufbringen konnte. Als ich aufhören wollte, weil ich fand, wir hätten nun wirklich tief genug gegraben – denn Graben verursacht mir immer Rückenschmerzen –, sagte er bloß: »Ich habe mein Leben zu oft der Regel verdankt, nicht nachlässig zu arbeiten, um damit jetzt zu beginnen.«

Schließlich war der Honig wie verhextes Gold sicher unter der Erde, und nachdem wir uns in der Küche gewaschen hatten, saßen wir wieder im Wohnzimmer.

»Er ist verwirrt und hat ein bißchen Angst«, fing Mr. Mycroft an. »Aber ich bin auch verwirrt, und wenn ich mich nur auf die Möglichkeiten des Gesetzes verließe, Sie und mich zu schützen, hätte ich ebenfalls Angst. Wir haben keine Beweise gegen ihn in der Hand, auch wenn er natürlich so schuldig ist wie Judas und so gefährlich wie ein in die Ecke getriebener Luchs.«

»Haben Sie im Stall denn keinen Anhaltspunkt gefunden?« fragte ich beinah gereizt.

»Einen Anhaltspunkt schon«, antwortete er. »Aber ein Anhaltspunkt führt noch zu keiner Verurteilung, und je schlauer man beim Sammeln von Hinweisen ist, desto sicherer kann man sein, daß die Geschworenen die Lückenlosigkeit der Beweiskette nicht sehen werden.«

»Aber wo stehen wir dann?« fragte ich.

»Ich werde Ihnen alles erzählen, was ich weiß. Es könnte mehr sein, als Ihnen aufgefallen ist.«

»Natürlich«, antwortete ich müde. Er verbeugte sich.

»Nun, ich hoffe, Sie werden bald wieder ruhig schlafen können; aber zuerst muß ich Sie darüber aufklären, wie die Lage, in der wir uns gegenwärtig befinden, wirklich ist. Zudem möchte ich Sie über unsere zukünftige Vorgehensweise ins Bild setzen. Erstens: ich war entschlossen, in dieses Haus hineinzugelangen. Weder Sie noch Heregrove selbst wußten vermutlich, daß dieser Zutritt erzwungen wurde. Wir gingen hinein, während wir uns unterhielten und ihn ablenkten. Wenn man auf eine Person ständig einredet, die sich nicht unterhalten will, und unterdessen direkt auf sie zugeht, weicht sie zurück, solange sie der Überzeugung ist, man sei von dem, was man sagt, völlig in Anspruch genommen und man sei sich nicht bewußt, daß man diese Person überrennt. Ihr einziger Gedanke gilt dann der Frage, wie man sie zum Schweigen und dadurch zum Stehenbleiben bringen kann. Daher mußte Heregrove, obwohl er das nicht wollte, tatsächlich sagen ›Kommen Sie herein‹. Als wir erst einmal drinnen waren, versuchte Heregrove als nächstes – eine recht unbesonnene, unüberlegte Reaktion –, uns davon abzuhalten, zum hinteren Gelände, zu den Seitengebäuden und so weiter vorzudringen.

Das Zimmer allein schon lohnte den Besuch. In einer Ecke sah ich ein mir vertrautes braunrotes Stück Papier. Es war das Deckblatt der Publikation (unverkennbar für jeden, der sie kennt) einer seltsamen Stiftung in den Vereinigten Staaten, die viel Geld, etwas Verstand, wenig Urteilsvermögen und noch weniger Methode hat. Sie lebt von dem Nachlaß eines Millionärs, der wegen eines Lösegeldes von irgendwelchen Kidnappern entführt wurde. Die Polizei ließ ihn fast sterben, und er wurde schließlich von einem Privatdetektiv gerettet, den ich früher kannte. Die Belohnung des Detektivs bestand in einem kleinen Honorar, der Gründung dieser Institution und dem Recht, sein Leben lang Exemplare aller Publikationen der Stiftung zu beziehen. Die Gründung lehnte er, soweit seine eigenen Interessen berührt waren, unklugerweise ab, denn Millionäre *müssen* Stiftungen einrichten, selbst wenn sie bei Verstand sind, genau wie Barone im Mittelalter kleine Kapellen stiften mußten und Hühner Eier legen müssen.

Wie ich schon sagte, ich kenne jenen Detektiv, und durch ihn bekomme ich dieses Periodikum. Der Fonds veröffentlicht Forschungsergebnisse für Amateurdetektive – ein seltsames Hobby, aber beliebter, als Sie vermuten würden. Sie haben manch nützliche Arbeit geleistet – neben einem Berg von Mist. Zufällig waren sie die ersten, die eine Beschreibung dieses Tests mit magnetisiertem Staub herausgaben, der für solche Fingerabdrücke geeignet ist, die zu schwach sind, um sie auf andere Weise abnehmen zu können. Sie haben auch eine sehr nützliche biochemische Studie über die Ammoniakverbindungen bei Tieren publiziert. Als wir den Raum verließen, gelang es mir, die Nummer der Ausgabe zu erspähen, die er hatte. Ich werde es nachsehen, wenn ich nach Hause komme, aber ich würde noch eine Wette eingehen, daß es sich um die Ausgabe mit jener biochemischen Studie handelt.

Der nächste Punkt, das mit der Tulpe, war natürlich ein Bluff. Sein Garten zeigt, daß er nicht mal genug über Blumen weiß, um zu erkennen, daß ich ihn täuschte. Natürlich verstehe ich hinlänglich viel von Genetik, um kontern zu können, sollte er versuchen, mich bloßzustellen. Er kennt sich ein wenig mit Tiergenetik aus und vernachlässigt dabei die Genetik von Pflanzen – der typische Spezialist. Nur hat er in diesem Fall ein klar umrissenes Ziel: einen neuen Weg des Tötens zu perfektionieren. Zweifellos denkt er jetzt wirklich, er habe da eine Tulpensonderbildung und daß zufällig all diese gestreiften Tulpen anfällig für ein interessantes Chromosomendurcheinander seien, wie Hall gezeigt hat. Aber ich wandte mich der Tulpe zu, weil sie es mir erlaubte, nicht die Blume, sondern Heregrove aus dichter und unverdächtiger Entfernung in Augenschein zu nehmen. Ein Mann wechselt die Jacke, wenn er in einem Laboratorium arbeitet, aber nicht seine Hose. Wenn er lange genug arbeitet – und wenn er niemanden hat, der seine Kleidung in die Reinigung bringt, was bei Heregrove offensichtlich der Fall ist –, wird man das seinen Hosen ansehen. Ich konnte Heregroves Hosen aus wenigen Zentimetern Entfernung sehen, während ich jene durchschnittliche Tulpe pries. Dabei konnte ich ganz deutlich einige kleine Flecken und Stellen auf dem Stoff erkennen, die nur von Säuren herrühren können. Also macht er sein Zeug selbst. Als nächstes mußte ich herausfinden, wo.«

»Deshalb sind Sie also zum Stall gegangen, als er fast im Schuppen war?«

»Natürlich.«

»Aber warum sollte sich sein höllisches Laboratorium nicht im Haus befinden? Wäre das nicht wahrscheinlicher?«

»Es ist schwierig, im Haus ein Pferd zu halten.«

»Ich verstehe nicht.«

»Für mich war das sofort klar, als Sie mir von dem Stall erzählten. Erinnern Sie sich nicht – wir kamen auf dieses Thema vor unserem Besuch bei Heregrove zu sprechen, als wir über den Geruch der Angst diskutierten –, daß selbst liebenswürdige Bienen oft durchdrehen, wenn ein schwitzendes Pferd in ihre Nähe kommt? Sie dürfen sich nach einem steifen Galopp niemals mit einem Pferd einem Bienenstock nähern, es sei denn, Sie sind auf Ärger aus. Heregroves kleine Forschungen beschäftigten sich natürlich mit den biochemischen Ammoniaken von Pferden. Mit anderen Worten: Er hat nach einer Substanz gesucht, die bei höchster Dosierung genau jene Qualität hat, die Bienen am meisten erregt. Er hat – um es auf den Punkt zu bringen – wie ein mittelalterlicher Zauberer Schweiße destilliert und herausgefiltert – mit der ganzen Bösartigkeit eines Medizinmannes und mit weitaus größerer Wirksamkeit. Sein erstes einfaches Experiment gelang gut genug, um seine Frau zu töten, als sie durch den Garten ging. Und jetzt entwickelt er wie die ersten Radioforscher den Ehrgeiz, seine Übertragungsweite auszubauen und in der Lage zu sein, seine Nachrichten über große Entfernungen reisen zu lassen. Ihr Haus ist weiter als eine Meile entfernt. Es war bloß Pech – oder Schicksal –, daß er keine – nun, sagen wir mal – perfekte Übertragung erzielte.«

»Aber Sie haben nichts in dem Stall gefunden?«

Ich wollte nur reine Tatsachen. Man konnte Mr. Mycrofts Interesse an dem wirklich entscheidenden Punkt einfach nicht hinreichend lang wach halten – nämlich, daß ich mich in Gefahr befand und da irgendwie herauskommen mußte. Dieser Fall, das konnte ich sehen, war für ihn einer von allgemeinem Interesse und mein Schicksal nur ein Aspekt. Das war ein Standpunkt, den ich vielleicht verstehen mußte, von dem aber nicht einmal er erwarten konnte, daß ich mit ihm sympathisierte. Er sah auf, denn er hatte einen eigenen Gedankengang verfolgt, den Blick auf den Boden geheftet, und ich gehe davon aus, daß er mich als menschliches Wesen wirklich völlig vergessen hatte.

»Nein«, sagte er nachdenklich, »nein, er hat sein Laboratorium abgebaut. Kein unsorgfältiger Mann. Ich habe Mörder gekannt, die zwar ebenso genial, aber sehr viel weniger sorgfältig waren – diese beiden Eigenschaften sind nicht notwendig in einer Person vereint. Ich konnte sehen, wo der Experimentiertisch und die Regale gestanden haben müssen. Er hat Sie nicht angelogen, als er sagte, daß es in dem Stall eine Wasserleitung gebe. Und ich bin sicher, nach unserem Besuch wird ein Mann, der so enorm sorgfältig ist, vorsichtshalber noch einmal und sogar noch gründlicher aufräumen. Und nicht nur im Stall. Das Periodikum mit dem braunroten Deckblatt wird verschwinden – wäre schon verschwunden, aber er brauchte es genau bis zu diesem Moment, und er erwartete nicht, daß wir ins Haus hineingelangen würden und daß – selbst wenn – einer von uns über ein so spezielles Wissen verfügte, um in der Lage zu sein, das Deckblatt wiederzuerkennen. Übrigbleiben werden nur ein paar kleine Phiolen, irgendwo versteckt, die eine ziemlich übelriechende Flüssigkeit enthalten und mit ›Desinfektionsmittel‹ beschriftet sind; der Inhalt ist bestimmt nicht sehr gesund für Mikroben, für Menschen aber gewiß nicht hochgiftig, wenn auch sehr übelkeiterregend. Was sollte die Staatsanwaltschaft damit schon anfangen können – selbst wenn die Phiolen gefunden würden?«

»Aber«, warf ich schnell bei dieser wohl rhetorisch gemeinten Frage ein, denn ich konnte auf eine unmittelbare Erfahrung verweisen, die er nicht hatte, »aber wenn man das Zeug auf ein Stück Stoff täte und in der Nähe Bienen freiließe, dann würde man sehen, wie sie durchdrehen und ihre Stachel hineinbohren. Lassen Sie vor Gericht ein armseliges Kaninchen laufen, dessen Fell mit dem Zeugs beschmiert ist, und es würde vor den

Augen des Richters und der Geschworenen zu Tode gestochen! Ich kann mir keine aufschlußreichere Demonstration und keinen vernichtenderen Beweis vorstellen.«

»Sie schätzen unseren Mann falsch ein«, entgegnete er, ohne irgendein Interesse an meinem Einwurf zu zeigen. »So einfältig ist er nicht. Ich möchte, daß Sie begreifen, wie ungewöhnlich schlau er auf seine Weise tatsächlich ist – vorsichtig und durchtrieben. Ohne Zweifel hat er erkannt, daß ihm so die Schlinge um den Hals gelegt werden könnte. Ich erzählte Ihnen ganz am Anfang, daß er spezielle Bienen gezüchtet hat. Es stimmt schon, er wußte nichts von ihrem Gehör, ihren merkwürdigen Beschränkungen und der Möglichkeit, sie dadurch zu kontrollieren. Aber da geht es ihm so wie beinah jedem Spezialisten. Weil er soviel von ihrer Geruchsreaktion versteht, übersieht er ihr Gehör. Er hat eine erstaunlich wilde und giftige Biene gezüchtet; *diese* psycho-physische Verbindung war vielleicht zu erwarten – schließlich *ist* Wut eine Art Gift. Zweifellos wurde Gift allmählich von den Tieren entwickelt, die, schwach und rachsüchtig zugleich, im wörtlichen und körperlichen Sinne von einem Gefühl der Ungerechtigkeit und der jahrtausendelangen Sehnsucht nach Vergeltung vergiftet wurden. Es gibt in Australien eine Biene, müssen Sie wissen, die erst jetzt einen Stachel entwikkeln muß, weil sie keine ernstlichen Feinde hat. Bei allen Bienen und Insekten, die wir kennen, bildet sich der Stachel aus dem Legestachel heraus, jenem Instrument, das zunächst bloß entwickelt wurde, damit die Eier an sicheren Plätzen deponiert werden konnten. Gift ist eine späte Entwicklung. Vor dem Miozän gab es keine Giftschlangen, soweit ich unterrichtet bin. Es bedarf schon ganz schön viel Zeit, Aufwand und Grübelei, um so bösartig zu werden, wie man will. *Nemo repente fuit turpissimus.*«

»Ja, ja.« Ich mußte ihn unterbrechen. »Aber wir diskutieren im Moment die Frage, wie *dieser* Mann zu seinen teuflischen Kenntnissen und zu seiner höllischen Geschicklichkeit gekommen ist, durch die heute zumindest einer von uns in steter Lebensgefahr schwebt!«

Mr. Mycroft schien durch meine Unterbrechung nicht verärgert zu sein, und sie war wahrlich notwendig, wenn man an den Umfang seiner Interessen denkt.

»Ja«, sagte er, »Ich wollte auf diesen Punkt zu sprechen kommen. Denn obwohl man davon ausgehen konnte, daß er in der Lage wäre, Wildheit und Gift zu verschmelzen und ihre Wirkung in dieser Verbindung zu steigern, muß ich zugeben, daß seine nächste Züchtungsbemühung bemerkenswert war, ja, ein Fortschritt, von dem ich vielleicht vorher leichthin gesagt hätte, er wäre praktisch unmöglich. Er raffiniert tierisches Ammoniak, insbesondere Pferdeammoniak, bis er eine spezielle Essenz erhält, die Bienen völlig verrückt macht, allerdings nur eine bestimmte Zucht und Rasse – nämlich seine eigenen Ungeheuer. Zweifellos ist er auf diesen Anhaltspunkt gestoßen, als er von jenen seltenen aber inzwischen gut beobachteten und beschriebenen eigentümlich spezifischen Affinitäten hörte, die zwischen dem Geruchssinn einer bestimmten Spezies von Insekten und dem Duft einer einzigen Pflanzenart bestehen. Die bekannteste dieser symbiotischen Beziehungen ist natürlich die zwischen der Yuccapalme und der Yuccamotte. Aber heute nacht sollte ich nicht weiterreden. Sie sind todmüde.«

Das stimmte. Ich hatte zunehmend Mühe, mein Gähnen zu unterdrücken, während er mir lange Vorlesungen über Naturgeschichte hielt – so gern ich auch aus dieser

Falle herauskommen wollte. Seine nächste Bemerkung aber betraf das Kernproblem, und sie munterte mich wieder auf.

»Für unsere Arbeit stehen uns gut vierundzwanzig Stunden zur Verfügung, denn Heregrove wird jede einzelne Minute des morgigen Tages auf die restlose Beseitigung jeder verdächtigen Spur verwenden. Es würde mich nicht wundern, wenn er sogar das Grab des Pferdes noch einmal öffnete und eine weitere Ladung ungelöschten Kalk darüber kippte.«

Das weckte mein Interesse so weit, daß ich eine beiläufige Frage stellte.

»Wie ist das Pferd eigentlich zu Tode gekommen?« erkundigte ich mich, als ich ihn an der Gartenpforte verabschiedete.

»Es wurde für Demonstrationszwecke zu Tode gestochen, das arme Vieh«, erwiderte er und ging in der Abenddämmerung davon.

Kapitel 7

Doppelspiel mit dem Schicksal

Obwohl ich solch einen Tag hinter mir hatte, ein Wechselbad von Aufregung und Langeweile, schlief ich erstaunlicherweise recht gut. Ich war sicherlich ungeheuer müde. Aber ich sah ein, ich konnte die Dinge, so, wie sie standen, nicht auf sich beruhen lassen. Mir ging es wie dem Verbrecher, der nur eine kurze Gnadenfrist hat, und ich mußte handeln, wollte ich je wieder wirklich sicher und frei sein. Also sprang ich aus dem Bett, sobald ich wach war, frühstückte und eilte zur Waller's Lane – nicht ohne einen ängstlichen Blick jene Straße entlang zu werfen, die in die andere Richtung, zu der gefürchteten Honigfalle führte.

Mr. Mycroft war schon im Garten und begrüßte mich mit den Worten: »Das erste Experiment ist beendet und verlief erwartungsgemäß. Sehen Sie her, ich werd's wiederholen.« Er hatte am Ende eines Rohrstocks eine Pinzette befestigt, in der sich ein Stückchen ölige braune Baumwolle befand. Er hielt ihn in die Richtung eines der Flugbrettchen an seinen Bienenstöcken. Die Bienen zerstreuten sich, und das Arbeitssummen ging in ein Brummen über. Als der Stock weggezogen wurde, folgten ihm nur wenige halbherzig, und bald kehrten sie wieder an die Arbeit zurück.

»Ist das das Zeug?« fragte ich ziemlich ängstlich.

»Ja«, sagte er. »Sie sehen, meine sanften holländischen Bienen mögen's nicht, aber es flößt ihnen bestimmt keine Mordgelüste ein. Nun sehen Sie sich das an.«

Er ging durch die offene Verandatür zurück ins Haus und kam mit einem anderen Stock zurück, der mit einer ähnlichen Spitze versehen war. Er hielt ihn in die Richtung des Bienenstockes, und unverzüglich erhob sich ein ziemlich bedrohliches Spektakel – eine Schwadron stürzte sich auf die verhaßte Stockspitze. Er warf den Stock in einen Topf Wasser, und nach einigen vergeblichen Attacken und aufgeregtem Herumgeschwirre ging auch dieser Trupp wieder an die Arbeit.

»Das war ein recht starkes Gebräu aus gewöhnlichem Pferdeschweißammoniak. Sie sehen, wie schlau unser Mann gewesen ist! Sein Insekt dreht nur bei einem speziellen Destillat durch, eine Sorte, die sich auf normale Bienen sogar *weniger* auswirkt als gewöhnlicher Pferdeschweiß.«

»Aber woher haben Sie das Zeug?« fragte ich aufgeregt.

»Selbst dem kaltblütigsten, aufmerksamsten Verbrecher unterläuft ein winziger Fehler, wenn man nur sorgfältig genug aufpaßt«, erwiderte er in Gedanken versunken. »Erinnern Sie sich an Leopold und Loeb, diese jungen Mörder aus Chicago? Sie planten ganz kaltblütig und, wie sie dachten, sehr gründlich, diesen Schuljungen zu ermorden und damit davonzukommen. Und alles verlief wunderbar nach Plan. Aber während sie die Leiche ihres Opfers beseitigen, läßt der eine von diesen Kreaturen, die glauben, sie seien über alle menschlichen Fehler und Schwächen erhaben, doch tatsächlich seine Brille fallen, und dort wird sie gefunden, denn sie ist für jeden Passanten ganz einfach zu sehen. Innerhalb weniger Stunden wird allen Augenspezialisten in Chicago telefonisch die Beschreibung der speziellen Brillengläser durchgegeben. Derjenige, der die Gläser geschliffen hat, schlägt die genauen Angaben in seinen Akten nach, und die Namen von Leopold und Loeb sind im Besitz der Polizei. Mit einem Teil ihres Verstandes müssen sie das Geräusch wahrgenommen haben, als die Brille auf dem Boden aufschlug, ein Teil ihrer Aufmerksamkeit muß sie dort liegen gesehen haben, während sie sich umsahen, ihre dumme, furchtbare Geschicklichkeit bewunderten und feststellten, wie gut sie die Leiche ihres Opfers verborgen hatten. Aber sie wurden von jenem tiefliegenden Teil des Bewußtseins verraten, den sie geleugnet hatten. Wir machen einen großen Fehler, wenn wir ihn nicht gebührend würdigen.

Heregrove ist es ziemlich genauso ergangen. Ich habe es Ihnen gestern abend nicht erzählt, da Sie bestimmt schlecht geschlafen hätten, wenn Sie gewußt hätten, daß ich das tödliche Zeug bei mir hatte. Aber ich hatte, wie Sie sich erinnern werden, die Vorsichtsmaßnahme ergriffen, den Honig tief in der Erde zu vergraben. Ich glaube, die Vampirbienen können Sie nicht einfach aufgrund dieses Ammoniakzeugs finden, ohne daß ihnen der eigene Honig den Weg zu ihrem Opfer zeigt. Wenn sie es erst einmal gefunden haben und man gezeichnet ist – na, ich habe Ihnen gesagt, wie froh ich bin, daß Sie am Leben sind. Ich glaube, da haben Sie enormes Glück gehabt. In diesem Garten sind wir auf jeden Fall in Sicherheit, denn wenn sie kommen sollten, kann ich sie mit meinen Sirenengesängen aufs Korn nehmen.

Aber wie bin ich nun zu dem Zeug gekommen? Nun, ich habe es Ihnen schon gesagt – weil auch der schlaueste Verbrecher immer mal wieder einen entscheidenden Flüchtigkeitsfehler aus reiner Vergeßlichkeit macht. Man muß ihm nur lange genug auf den Fersen bleiben, bis einem ein entscheidender Hinweis in die Hände fällt.

Ich habe bloß ein bißchen von seinem kostbaren Gebräu – unter sicherem Verschluß aus Glas und Wachs. Den fleckigen Fetzen, den ich den Bienen vor einer Minute hinhielt, werfe ich jetzt in meinen Elektroofen, wo er binnen eines Augenblicks zu Asche zerfallen wird.«

Er setzte seine Worte in die Tat um, und kurz bevor er die Tür des Miniaturschmelzofens schloß, konnte ich hören, wie das feuchte Wattefetzchen zischte. Er kam zurück, nahm den ersten Stock aus dem Wasser, schnipste die durchnäßte Wattespitze so herunter, daß sie über die Hecke flog, stieß den Wassertopf mit dem Fuß um und fuhr dann fort, während er zusah, wie der trockene Boden die Feuchtigkeit aufsog.

»Das Stück Lumpen, das ich aufhob, lag im Stall. Ich hatte, wie Sie wissen, nur einen Augenblick Zeit, mich umzuschauen und festzustellen, daß das Laboratorium aufgelöst worden war. Ich wandte mich gerade um, um nach Heregrove zu sehen – denn es hatte keinen Sinn, das unnötige Risiko einzugehen, mich von ihm dabei überraschen zu lassen, wie ich die Stätte seiner Hexenküche betrachtete –, als ich einen weißlichen Stoffetzen auf dem dunklen Fußboden sah. Ich bückte mich nach ihm, ließ ihn in meine Tasche gleiten und ging – über Pilze plaudernd – hinaus, um unseren wütenden, aber offensichtlich verdutzten Gastgeber zu treffen. Ich erriet gleich, was es war – eine nachgemachte Fingerbandage, die er – nicht sonderlich originell – benutzte, um Sie mit dem Zeug zu zeichnen.«

»Aber war der Stoff nicht voll mit Bienen?« fragte ich.

»Das«, antwortete er, »ist einer jener Punkte der Psychologie, an dem sich an einer schwankenden Grenze Vernunft und Instinkt berühren. Ein Instinkt, der weder mechanische Reaktion noch klare Kalkulation ist – jene beiden Prozesse, über die wir ein wenig wissen –, ein Instinkt, von dem wir in der Tat gar nichts wissen. Das ist die Umkehrung des Leopold- und Loeb-Themas – warum wurden sie von ihren Sinnen im Stich gelassen? An dieser Stelle müssen wir fragen, warum weicht der blinde Instinkt, der die Biene bis zur Selbstzerstörung auf ein Objekt einstechen läßt, das ihr Geruchsorgan provoziert, plötzlich einer Art von Vernunft, die ihr sagt, daß ein Lumpen nicht leiden oder zumindest nicht sterben kann? Es ist wahr, sie stachen auf Ihre Jacke ein, aber sie roch menschlich, und die Bienen waren auf der Suche nach Ihnen. Doch unser eigentliches Problem ist der Leopold- und Loeb-Aspekt der Frage. Welche nicht verstandesgeleitete Kraft ließ auch unseren sorgfältig kalkulierenden Heregrove im Stich? Sobald er Sie vom Gelände gescheucht hatte, ging er natürlich direkt zum Stall. Die Bienen waren zu diesem Zeitpunkt in ihren Stöcken, so daß er in Sicherheit war. Da es gerade erst dämmerte, hätten aber dennoch einige Trödler zu spät nach Hause kommen können, und er wußte nur zu gut, daß schon ein halbes Dutzend Stiche tödlich sein konnten. Also läßt er den Lumpen im Stall fallen, wäscht und desinfiziert wahrscheinlich seine Hände – aber dann: warum kommt er nicht zurück und holt den Lappen, um ihn zu verbrennen? Wahrscheinlich beabsichtigt er wiederzukommen, sobald es ganz dunkel ist, weil er dann völlig sicher sein kann, daß die Bienen daheim sind, und außerdem wird niemand ihn dabei beobachten, wie er etwas verbrennt. So vorsichtig ist er nämlich schon, denn sein Anwesen ist von der Straße aus einzusehen, und diese ganze Sorgfalt manövriert ihn letztlich nur in eine Situation, in der seine verhängnisvolle Vergeßlichkeit ins Spiel kommt. Nur eines wissen wir genau: Er vergaß zurückzukommen, und so sind wir im Besitz dieses unschätzbaren Lumpens.«

»Ich verstehe nicht, wie uns dieser Fetzen groß nützen kann«, sagte ich. »Er kann uns nichts mitteilen, was wir nicht eh schon wissen, und wird uns auch nicht zu einer Verurteilung verhelfen, wie die Brille im Fall von Leopold und Loeb.«

»Er wird sogar noch mehr für uns tun«, erwiderte Mr. Mycroft.

»Wie?« rief ich aus. »Wie soll das funktionieren?« Sein Gesicht wurde ernster, als ich es je zuvor gesehen hatte. Einen Augenblick lang schwieg er.

Dann sagte er: »Ich frage mich, Mr. Silchester, ob Sie sich dazu durchringen könnten, mir wirklich zu vertrauen?«

Das ist genau die Sorte Frage, die in mir eine zutiefst empfundene Abneigung hervorruft. Sie wirkt auf mich rhetorisch, melodramatisch.

»Wenn ein paar Leute« (ich wollte gerade sagen ›durch das Schicksal‹, aber das hätte mich ebenfalls pompös und theatralisch klingen lassen) »durch das wandelbare Glück mit einem Irren aneinandergeraten, scheint die Frage ziemlich töricht, ob einer dem anderen traut, wenn praktisch schon alles vorbei ist.«

»Sie sehen die unmittelbare Zukunft in einem sehr viel rosigeren Licht als ich, Mr. Silchester«, erwiderte er leidenschaftslos, »wenn Sie ernsthaft der Meinung sind, daß wir schon fast aus dem Schneider sind.«

Mir sank das Herz in die Hose. Zuvor war immer er es gewesen, der mich aufgemuntert hatte, und ich rief mir mit wachsender Beklemmung in Erinnerung, daß zwar auch *er* in Gefahr war, aber erst als voraussichtliches Opfer Nummer 3, während ich als Nummer 2 vorgesehen war und die Nummer 1 schon lange im Grab lag.

»Wir sind an einem Punkt angelangt, an dem sich zwei Wege scheiden«, fuhr er fort. »Unsere Leben – ich sage das mit Bedacht, ich habe meins oft aufs Spiel gesetzt und verstehe etwas von lebensgefährlichen Risiken –, unsere Leben hängen davon ab, ob der Weg, für den wir uns entscheiden, der richtige ist. Am Ende des einen erwartet Sie und mich ein ganz ungewöhnlich schmerzvolles Ende, und« (was jetzt kam – das muß ich zugeben –, ›legte mir die Daumenschrauben an‹), »und, Mr. Silchester, Sie haben einen Vorgeschmack von der Waffe bekommen, die jetzt so gewiß auf Sie gerichtet ist, wie je irgendein Killer auf sein Opfer gezielt und es niedergeschossen hat.«

»Mr. Mycroft«, sagte ich in einem Tonfall, der vielleicht meine Bitte um Verzeihung, sicher aber meine Niederlage zum Ausdruck brachte. »Ich weiß nicht, warum ich dauernd versuche, Schwierigkeiten zu machen. Ich nehme an, der Grund ist, daß ich eine solche Angst habe, die ich mir nicht eingestehen will, und daher versuche, zu der förmlichen Beziehung zurückzufinden, die wir unterhalten würden, wenn uns nicht diese schreckliche, geheimnisvolle Bedrohung zum Zusammenhalt gezwungen hätte.«

Wie recht ich hatte – heute weiß ich es –, ahnte ich selbst zu diesem Zeitpunkt noch nicht. Mr. Mycroft glaubte mir augenscheinlich.

»Ich gehe davon aus, Sie begreifen, daß ich Sie nicht unnötig ängstigen will. Es ist sogar von größter Bedeutung, daß Sie die Nerven behalten. Wenn Sie die verlieren, könnten wir beide sehr viel früher als nötig tot sein. Aber wir müssen uns über unsere Lage völlig im klaren sein und dürfen uns keinen Illusionen hingeben. Ich habe hier die Substanz, die – um es ganz offen zu sagen, selbst wenn's melodramatisch klingt – Menschen dem Tode weiht, zumindest in dieser Gegend. Das Gesetz kann uns nicht schützen. Aber das Schicksal gab mir dieses Zeug in die Hand. Das Schicksal hat Heregrove genau den einen Gegenstand fallen lassen, den er uns zur adäquaten Verteidigung gegen seinen Angriff geben konnte; das Schicksal ließ ihn diesen Gegenstand fallen- und an einer Stelle liegenlassen, wo ich ihn finden konnte, ohne daß Heregrove mich dabei sah. Das Schicksal sorgte dafür, daß ich in meiner Tasche, in die ich den Gegenstand schnell hineinsteckte, jenes Fläschchen mit den drei starken ätherischen Ölen hatte, mit denen ich Ihre Finger einrieb. Zweifellos sicherte uns diese Tatsache eine zusätzliche Verteidigung gegen jeglichen Angriff, dem wir hätten ausgesetzt sein können, als ich mit dem Zeug über die Koppel zurückkam. Sie müssen zugeben, erst ein derartiges Zusammenspiel der Ereignisse hat die gegenwärtige Wendung der Dinge möglich gemacht, obwohl dieses Zusammentreffen uns nichts genützt hätte, wenn wir nicht vorbereitet gewesen wären, um uns seiner zu bedienen. Und es sieht so aus, als ob das Schicksal in dieser Sache zumindest nicht gegen uns war – soweit ein menschliches Wesen das so voreilig sagen darf.

Nun, wie auch immer es sich damit verhalten mag, ich handelte nach dem Sprichwort ›Hilf Dir selbst, dann hilft Dir Gott‹ und schlug zu Hause in meiner braunroten Zeitschrift nach. Wie ich mir gedacht hatte, enthielt sie tatsächlich jenen nützlichen, wenn auch schwer verständlichen Aufsatz über die Ammoniakverbindungen bei Tieren – eine gründliche Forschungsarbeit, für die sich zur Zeit vielleicht nur zwei Menschen zwischen Europa und Amerika interessieren, – der eine, um eine unbegrenzte Zahl von furchtbaren Morden zu begehen, der andere, um das zu verhindern. Erkennen Sie denn nicht, was wir mit diesen Tabellen und dem fleckigen Lumpen anfangen können und was nicht? Verstehen Sie nicht, warum ich Sie nur um absolutes Vertrauen bitten kann?«

Ich nehme an, im Unterbewußtsein ahnte ich bereits, in welche Position er mich hineindrängte – nein, das ist nicht ganz fair, und ich muß absolut fair sein –, ich sollte sagen, welche Position mir, uns, das Schicksal aufzwang. Ich versuchte erneut, Zeit zu gewinnen.

»Was können wir *nicht* machen?« fragte ich.

Mir schien's besser, erst zu wissen, was uns nicht helfen würde (denn da konnte ich vielleicht ein Hintertürchen finden), bevor ich mich dem stellte, was wir unternehmen mußten, um uns selbst zu helfen, uns zu retten.

»Ich brauche nicht darauf herumzureiten«, sagte er und sah mich mit einer Festigkeit an, die mich verlegen machte. »Diesem Mann bedeutet das Gesetz nicht mehr als einem Gelbfiebermoskito ein Zaun. Das Gesetz schützt uns vor der plötzlichen, planlosen Gewalt eines haltlosen Schurken. Es ist hilflos gegenüber der berechnenden Bösartigkeit eines Mannes, der geduldig und überlegt Studien treibt, um die Schranken des Gesetzes zu umgehen. Ich weiß, es ist schwer für Menschen, die ein behütetes Leben geführt haben, einer derartigen Realität ins Gesicht zu sehen. Aber wenn Sie sich der Tatsache wirklich stellen, daß das Gesetz, der Richter und die Polizei Sie beim besten Willen nicht schützen können, dann werden Sie nach gründlicher Überlegung auch selbst die Unausweichlichkeit von Schritt zwei erkennen: zu tun, was wir tun können.«

Er wartete; nach einigen unangenehmen Augenblikken der Stille muß ich eine Art Zustimmung bekundet haben, denn er fuhr fort.

»Ich denke, Sie hatten recht, jeden Aspekt abzuwägen, und ich bin froh, daß Sie zu der gleichen Auffassung wie ich gelangt sind, wenn auch erst nach reiflicher Überlegung. So richtig und so weise diese Meinung ist, sie bedeutet natürlich einen sehr unkonventionellen Standpunkt. Aber wir befinden uns moralisch gesehen in genau der gleichen Position wie Menschen, die an der Grenze zur Wildnis leben und entschlossen sind, die Grenzen der Zivilisation zu erweitern. Wir müssen das Gesetz auch dort in Bewegung setzen, wo es bisher noch keine befahrbaren Schienen gibt. Eines Tages wird das Gesetz diese Situation hier in den Griff bekommen; dann werden wir dem Schaffner einfach mitteilen, wohin wir gebracht werden wollen, und er wird dafür sorgen, daß wir dorthin befördert werden. Fälle wie diesen muß heute noch der Trupp Freiwilliger erledigen, den der Sheriff aufbietet. Wir müssen unsere eigenen Pferde besteigen und unsere eigene Energie einsetzen, um den Verbrecher zu verfolgen. Hier ist noch immer ein Bereich, in dem jeder Bürger selbst das Gesetz hüten und durchsetzen muß. Sie und ich sind der Trupp des Sheriffs aus dem Wilden Westen. Glücklicherweise sind wir angemessen bewaffnet ...«

»Sie wollen damit doch wohl nicht sagen, daß wir hingehen und bei Heregrove irgendwann nächtens durch die Fenster schießen sollen?«

Er sah, daß mein Protest kaum wirklich ernst gemeint, sondern eher eine Ausflucht war, aber er nahm ihn mit vollendeter Höflichkeit auf. Ich fühlte mich wie der Fisch am Haken, der verzweifelt hin und her zappelt und in einem nicht vorhandenen Seitenarm des Flusses zu entkommen versucht und dem der Angler die ganze Leine läßt. Er verausgabt sich, bloß um herausgezogen zu werden, wenn er erschöpft ist.

»Meine Metapher war ungeschickt gewählt«, entschuldigte sich Mr. Mycroft. »Natürlich meinte ich bloß, daß wir Heregrove mit dem Rüstzeug entgegentreten müssen, das er gegen uns einzusetzen versucht und das vom Gesetz nicht als Verfahren anerkannt wird, Morde zu begehen – die es sogar als Unglücksfälle, als Akte ›höherer Gewalt‹ abtut und nicht als Gewaltakte eines bösartigen Menschen erkennt.«

Das war zweifellos so beruhigend wie nur irgend möglich ausgedrückt. Ich konnte den Vergleich mit dem Wildwestsheriff vergessen und – wie ich zugeben muß – tat das auch. Mich, den Einsiedler, reizte es bestimmt nicht herumzureiten, um Morde zu rächen, die das Gesetz übersehen hatte. Ich bin kein Kreuzritter, sondern ein leicht zu ängstigendes Lebewesen. Aber die eine Tatsache blieb, die sich in mein Bewußtsein bohrte und mich zu Maßnahmen trieb, die ich sonst für lächerlich verzweifelt gehalten hätte – meine wirklich verzweifelte Situation. Dennoch schlug ich einen letzten Haken.

»In Ordnung«, sagte ich in einem Ton, als ob ich alles gründlich durchdacht hätte und ganz genau sähe, wie viel von mir erwartet wurde. »In Ordnung, legen Sie los. Ich verspreche Ihnen, ich werde niemals irgend etwas von dem hier preisgeben. Es ist offensichtlich, daß ich ebensosehr wie Sie meinen Mund halten muß.«

»Danke«, sagte er meiner Meinung nach etwas trokken. Mein Mut sank langsam zu neuen ungeahnten Tiefen. »Das heißt selbstverständlich, Sie werden mit mir zusammenarbeiten. Ich werde zwar mit der technischen Seite dieses Problems ganz gut allein fertig, aber am Schluß, bei der praktischen Umsetzung, werde ich Sie um Ihre Unterstützung bitten müssen. Wir werden Heregrove noch einmal aufsuchen müssen, wenn ich das wiederholen darf.«

Diese letzten Worte, die ich am meisten gefürchtet hatte, klangen wie Totenglocken.

»Und jetzt, Mr. Silchester, muß ich zurück in mein Laboratorium«, fuhr er in dem gleichen gelassenen Ton fort, als ob wir ein Picknick planten. »Als Sie ankamen, hatte ich bereits ein paar Experimente begonnen, und ich muß nachsehen, was sie machen. Sie werden auch sicher unser Gespräch überdenken wollen. Vielleicht möchten Sie sich in meiner Bibliothek ausruhen oder lesen. Der Gesang meiner Haustierchen wird Sie nicht stören, wie Sie ja selbst feststellen konnten. Ich erlaube mir, Sie einzuladen, und ich rate Ihnen, hierzubleiben: nicht nur, weil wir noch einige andere Dinge besprechen müssen, was wir am besten können, sobald meine Experimente abgeschlossen sind, sondern auch, weil ich aufrichtig glaube, daß Sie heute in meinem Haus sicherer sind als in Ihrem.«

»Also gut«, sagte ich nicht allzu liebenswürdig – aber er schien ganz zufrieden zu sein. Er wußte, mein Widerstand war gebrochen. Ich war sein ›Bauer‹, eine hassenswerte Position, selbst wenn man dazu benutzt wird, den Mann schachmatt zu setzen, der einen ermorden will.

Der Vormittag verging langsam. Ich konnte hören, wie Mr. Mycroft auf der anderen Seite der Diele in seinem Laboratorium herumkramte; Lesen konnte ich nicht. Ich saß nur dumpf da, während mein Verstand langsam, wie ein schlammiger Strudel in einem Fluß, und ziellos immer wieder die Ereignisse durchdachte, in die ich mich verstrickt hatte. Schließlich wurde meine Aufmerksamkeit auf diese dämlichen Vögel gelenkt, die da in ihrem Käfig herumhüpften, zu dumm, um zu wissen, daß sie in Sicherheit waren. Als ich hinsah, waren sie gerade wieder dabei; er sang lautlos, und sie lauschte bezaubert. Dieser Gesang, so erschien es mir, paßte vollkommen in die unverständliche Ordnung der Dinge durch die Natur. Ich erkannte, daß ich offensichtlich irgendwie zu weit gegangen war in meiner Abscheu gegen alles und jedes. Ich begriff, wie egozentrisch ich gewesen war, indem ich erwartet hatte, daß die Welt nur für mich gemacht worden sei und sich gefälligst um mein Schicksal kümmern müßte. Wie abartig mußte ich sein, denn schließlich hätten mich diese Vögel – wenn ich sie hätte hören können, wie sie aufeinander einpiepsten – mit ihrem Lärm bloß auf die Palme gebracht. Ich begann, über mich zu lächeln. Ich stand auf, ging zu dem Käfig hinüber und war angenehm überrascht, als beide Vögel, den Kopf auf die Seite gelegt, sofort ans Gitter kamen, statt vor Schreck dumm herumzuflattern, und augenscheinlich erwarteten, daß ich ihnen etwas gäbe oder mit ihnen spielte. Ich kann mit Tieren nicht gut umgehen – entweder langweilen sie mich oder sie machen mir Angst –, aber ich muß sagen, ich war plötzlich beruhigt. Wenn ich mich schon völlig in die Hände eines Fremden geben mußte, so war dieser Fremde doch immerhin in der Lage, die Vögel dazu zu bringen, nicht nur ihm, sondern auch Fremden zu vertrauen. Das prägte sich mir ein, weil es ein Gedanke war, über den ich gern nachsann, der einzige angenehme, den ich seit einiger Zeit gehabt hatte; in diesem Moment ging die Tür auf.

Es war Mr. Mycroft. »Das Mittagessen ist fertig. Ich habe mir schon die Hände gewaschen. Sie kennen ja den Weg zum Badezimmer von Ihrem letzten Besuch her.«

Zweifellos wurde auch das Haus sehr ordentlich und tüchtig geführt. Das gab mir fast so viel Vertrauen wie das Vertrauen der Vögel in mich. Das Mittagessen war sogar noch besser als bei meinem ersten Besuch.

»Letztes Mal, fürchte ich«, begann mein Gastgeber, als wir uns hinsetzten, »war die Mahlzeit sehr improvisiert. Weil ich hoffte, ich könnte Sie zum Bleiben überreden, gibt es heute etwas mehr Savoir-vivre. Wie alles andere hängt ein Menue von der Weitsicht ab, sich zur rechten Zeit Zeit zu nehmen.« Wir fingen mit Borschtsch an – einer Suppe, die ich liebe, zu deren Kreierung ich Alice allerdings nie bewegen konnte.

»Sie ist eigentlich eine der einfachsten unter den großen Suppen«, gab mir Mr. Mycroft auf irgendeine Bemerkung hin zur Antwort, »und, da haben Sie recht, eine der besten. Die Russen sind kultivierte Esser. Primitive Völker behalten bei bestimmten Sinnen oft eine Sensibilität, für deren Bewahrung wir zu beschäftigt und zu hastig sind. Geschmack und Geräusch sind beides primitive Dinge. *Wir* haben das Sehvermögen gewählt, und so ist unsere Welt heute kaum noch etwas anderes als eine visuelle Welt, soweit wir sie dazu machen können. Unsere Malerei ist folglich besser als die russische. Ihre Musik und ihr Essen sind hingegen bei weitem anspruchsvoller. Wir verfügen über Akkuratesse, Ordentlichkeit und Sauberkeit. Wir behandeln Geruch als etwas Ekliges, und deshalb verläßt uns der Sinn dafür. ›Du riechst‹ ist bei uns niemals ein Lob. Jakobs Lob für seinen Sohn, ›Siehe, der Geruch meines Sohnes ist wie der Geruch des fruchtbaren Feldes‹, läßt uns mit mehr als nur einem Anflug von Ekel lächeln. In der Tat ist ›Du riechst‹ meistens ein Ausdruck tiefsten Abscheus.

Wir verfügen über Ordnungssinn, doch mangelt es uns an ausreichender Kreativität. Wir haben keinen Geruchssinn und verlieren zunehmend die Fähigkeit zu hören. Wir sind akkurat, aber ohne Flair (beachten Sie das Wort, vom logischen Französisch höher eingeschätzt und dem logischen Denken gegenübergestellt – Geruch im Gegensatz zu Verstand). Präzise sind wir, doch mangelt es uns an Intuition. Und die Reduktion und Verkümmerung unserer Vorstellungskraft schreiten rapide voran. Inzwischen wird selbst die Farbe – der Teil des Sichtbaren, der für uns am engsten die Verbindung mit der Wärme des wirklichen Lebens hält – als etwas Unschönes verbannt. Wir nennen sie ›schreiend‹, wenn wir sie abqualifizieren – wieder ein entlarvendes Wort. Wir entlehnen es dem Bereich ›Hören‹ und haben Angst, panische Angst vor jeder Fülle, vor jeder Weite und Größe in den Dingen. Nichts darf zu kräftig sein, alles muß gedämpft, leise sein. Wir lavieren uns so durch, wir kriechen herum. Wir müssen kultiviert sein um jeden Preis, bis hin zur Entfernung jeglichen Aromas und Vitamins aus den rauhen Lebenssäften. Fülle ist vulgär. Nun«, lachte er, »wir können hier und jetzt etwas tun, um diese falsche Reduzierung zu korrigieren. Was für eine gute Farbe, was für einen guten Geschmack hat Borschtsch! ›Schreiend‹ natürlich, aber – um unser Thema aktuell zu veranschaulichen – Sie wissen selbstverständlich, daß das Wort ›Rot‹ im Russischen der Begriff für Farbe schlechthin ist.«

In diesem Stil plauderte er weiter. Sein offenkundiger Wunsch, mich abzulenken und zu unterhalten, und die hervorragende Art, wie auch das Essen seinem Gesprächsthema angepaßt war, es unterstützte, erleichterten mich wirklich ganz außerordentlich. Ich glaube, ich begriff jetzt zum ersten Mal eine Tatsache, von der ich zuvor keine Ahnung gehabt hatte: Ein weiser gelassener, berechnender und tapfrer Mann kann seine Gelassenheit – ein Umstand, den ich mir vorher nie hätte vorstellen können –, seinen Mut und seine Umsicht durch fröhliches Geplauder und ein wunderbares, völlig ernsthaftes Interesse an kleinen und allgemeinen Dingen demonstrieren. Ich hatte nie gedacht, daß ein wirklich fähiger, starker und (ich hasse das Wort) guter Mensch fröhlich und sogar albern sein könnte. Mir kam langsam der Verdacht, daß nur die größten Menschen – vielleicht weil sie manchmal ebenso unpersönlich wie das Leben selbst sind – gerade in kritischen Augenblicken vergnügt und witzig sein können. Sie haben sich zu etwas entschlossen, und ihre Sinne sind so wach wie die eines Scharfschützen. Sie verhalten sich nicht einmal so, begann ich zu glauben, um uns aufzuheitern, wenngleich das vielleicht auch der Anlaß sein mag. Sie machen das, weil sie nur im gegenwärtigen Augenblick leben. Ich weiß nicht, wie ich's ausdrücken soll, aber ich nehme an, sie sind sich der Zeit so wenig bewußt wie Tiere; vielleicht sind sie auch noch zeitloser – so zeitlos wie eine Pflanze oder ein Stein.

Noch weniger weiß ich, warum ich all das niedergeschrieben habe. Vielleicht, um klarzumachen, wieso sich meine Stimmung, die ziemlich schlecht gewesen war, in ein Gefühl der Sicherheit und Fröhlichkeit verwandeln konnte, das fast dem Mr. Mycrofts entsprach. Das ist doch gewiß bemerkenswert genug, um einer Erklärung zu bedürfen?

»Diese Mahlzeit«, plauderte mein Gastgeber weiter, »ist als Salut an Rußland gedacht: Nur an der Oberfläche und bei Sonnenaufgang ist es rot. Nun werden wir ins tiefere Rußland vordringen. Kaviar, aber nicht der billige rote, sondern der echte schwarze. Das hier ist übrigens auch der vorrevolutionäre Stil, ihn zu servieren. Ich lernte ihn kennen, als einmal ein Großherzog des *Ancien régime* meine Begleitung wünschte, weil er hoffte, daß wir vielleicht gemeinsam irgendwelche ziemlich mittelmäßigen Perlen wiedererlangen könnten, die auf reichlich indiskrete Weise verlegt worden waren. Für ein Mittagessen ist die Geschichte zu lang. Jedenfalls habe ich von dort diese Art mitgebracht, die schwarzen Perlen des Störs zu genießen. Kleopatra hatte recht: Die meisten Juwelen würden uns viel mehr echte Freude bereiten und uns letztendlich weniger schaden, wenn wir sie als kristallisierte Kirschen in einem Cocktail oder einem Fruchtlikör oder als Bonbon zum Lutschen verwenden könnten.

Jetzt zu etwas Reellerem. Diese großen russischen Fleischpasteten bilden den Mittelpunkt, um den sich das Mahl dreht, und sie sind wunderbar gesund, wenn sie mit dem passenden Getränk eingenommen werden. Der Wodka hier, ich erinnere mich jetzt, war ein Geschenk von demselben Großherzog, der – armer Kerl – heute vermutlich in Paris oder in New York Schuhe putzt. Da ich den Wodka erhielt, muß er seine Perlen wohl zurückbekommen haben. Ich hoffe, sie haben sich als einer seiner flüssigen Vermögenswerte erwiesen, als der Zusammenbruch kam. Das hier ist eine andere Art von Flüssigkeit, mit der er bestimmt nicht davongekommen wäre; also brauchen wir uns keine Vorwürfe zu machen, wenn wir sie für uns selbst verwenden. Wir werden jedoch auf sein Wohl anstoßen und auf unseren Erfolg.«

Jetzt fühlte ich, daß wir nicht versagen konnten, und stieß auf einen Erfolg an, von dem ich felsenfest überzeugt war, wobei selbst diese Gewißheit noch stärker wurde, als mir das erwärmende Zeug durch die Adern floß. Im Anschluß daran gab es eine wundervolle Süßspeise: ganz aus Sahne, Mandeln und Honig. Für einen Mann, der Zucker so sehr mag wie ich, war das die krönende Abrundung eines Festessens.

Kapitel 8

Wespe schlägt Spinne

Während wir beim Kaffee saßen, bekam ich daher keinen Schock, als Mr. Mycroft sagte, ohne daß sich dabei sein heiterer und fast sorgloser Tonfall geändert hätte – so, als ob wir darüber schon während des gesamten Mittagessens gesprochen hätten: »Heute nachmittag werden wir Heregrove einen zweiten Besuch abstatten. Meine Vormittagsarbeit klappte vorzüglich – schneller und besser, als ich zu hoffen gewagt hätte. Wenn Sie eben mit ins Laboratorium kommen, kann ich Ihnen alles zeigen und demonstrieren, wie gut wir nun gerüstet sind, um diese lästige kleine Sache zum Abschluß zu bringen.«

Eine innere Stimme sagte mir, daß er von einer Verzweiflungstat, sogar einem gesetzwidrigen Abenteuer sprach. Doch dies war nur die Stimme der furchtsamen, berechnenden blutleeren Vernunft. Er hatte mir eine andere, seine eigene Stimmung eingepflanzt, und die bewirkte in mir – Sydney Silchester – einen Zustand der Heiterkeit, was dem Wort ›Abenteuer‹ (ich muß das in diesen Bericht aufnehmen) einen regelrecht attraktiven Klang verlieh, statt des äußerst abschreckenden, den ich mit diesem Substantiv sonst immer in Verbindung gebracht hatte.

Mr. Mycroft schloß die Tür des Laboratoriums, zog einen Stuhl heran, befreite ihn von Büchern, bot ihn mir an und hockte sich selbst wie ein mächtiger Vogel auf die Ecke des Versuchstisches. Er drehte sich schnell um, nahm eine verkorkte Phiole, zog den Korken vorsichtig heraus und gab sie mir. Sie enthielt, würde ich sagen, einen Teelöffel voll glasklarer, aber öliger Flüssigkeit.

»Riechen Sie daran«, forderte er mich auf.

Ich erwartete einen Schock für meine Nase und schnüffelte nur so leicht wie möglich. Ich sah, daß er lächelte, und hielt die Phiole deshalb direkt unter ein Nasenloch; dann sog ich einmal tief den Atem ein und berührte schließlich fast den Rand des Teströhrchens. Noch immer konnte ich nichts riechen.

»Vielleicht haben der Wodka oder der Knoblauch in der Pastete meinen Geruchssinn für den Augenblick verdorben«, sagte ich ein wenig entschuldigend, denn obwohl – oder vielleicht weil – ich alle üblen Gerüche hasse, bin ich stolz auf meinen guten Geruchssinn.

Er lächelte zurück.

»Ich hatte bemerkt, daß Sie einen ungewöhnlich ausgeprägten Geruchssinn haben. Als wir bei Ihrem ersten Besuch hier hereinkamen, mochten Sie den Geruch des Laboratoriums nicht, denn Sie fingen an, durch den Mund zu atmen, machten aber keine Anstalten, Ihre Nase zu schnäuzen, was Sie getan hätten, wenn Sie nur zeitweilig von einer Nasenverstopfung geplagt worden wären. Als wir dann in die Bibliothek wollten, kamen wir beim Rausgehen an diesen in Russisches Leder eingebundenen Romanen von Turgenjev vorbei – ein weiteres Erinnerungsstück an meinen Herzog. Sie konnten nicht widerstehen, sie einmal kurz zu berühren, und führten Ihre Finger unmittelbar danach zur Nase, um sich an dem leichten Wohlgeruch zu ergötzen.«

»Warum hab' ich dann ...?« fragte ich.

»Weil«, unterbrach er mich, »es keinen gibt! Das ist der springende Punkt meines Testes. Dieses Zeug hier habe ich an Ihnen ausprobiert. Sie haben eine ungewöhnlich gute Nase, und Sie – Geruch ist sehr ›suggestiv‹ – erwarteten, etwas zu entdecken, wollten geradezu von der Stärke eines üblen Gestanks schockiert werden. Und Sie bemerkten nichts. Versuchen Sie es noch mal, und berühren Sie dabei nicht den Rand.«

Ich schnüffelte, bis ich das Glas quasi gestaubsaugt haben mußte, aber nicht der Hauch eines Geruches stieg mir in die Nase.

»Was bedeutet das?« fragte ich.

»Das bedeutet«, bemerkte er aufmunternd, wenn auch reichlich geheimnisvoll, »wir sind viel sicherer, als irgend jemand je für möglich gehalten hätte. Wir besitzen etwas Ähnliches wie eine Tarnkappe.«

»Aber was ist es?« fragte ich noch einmal.

»Nun«, sagte er, »zufällig ist es das braune, stechendriechende sogenannte Desinfektionsmittel, mit dem Sie und ich beide in Berührung gekommen sind.«

»Das ist es nicht«, platzte ich heraus, »oder wenn es das ist, ist der ganze spezielle Geruch entfernt worden, der das Original so gefährlich gemacht hat.«

»Gefährlich für uns, ja, und damit ist die Schlacht schon halb gewonnen: Es ist unsere Verteidigung, unsere Parade. Ihre gute Nase nimmt nichts wahr. Meine ist auch nicht gerade schlecht. Ich habe versucht, in jedem Bereich des heiligen Lebenspentagramms meine fünffältigen Gaben intakt zu halten. Und der Geruchssinn ist wie der Geschmack häufig den heutzutage geschätzten Sinnen wie etwa dem Sehen und Hören überlegen – worauf sich unser aus dem Gleichgewicht gebrachtes Zeitalter fast ausschließlich stützt. Ich kann ebenfalls nichts riechen.«

»Aber ist sonst noch was an dem Zeug dran?« fragte ich nach.

»Das können wir nicht beurteilen«, begann er.

»Wozu ist es dann gut?« rief ich aus.

Nachdem ich mich für das Abenteuer entschieden und alle Vorsicht in den Wind geschlagen hatte und auch mein Mut mir nun unerschütterlich erschien, wurde ich angesichts all dieser Bedachtsamkeit und Trödelei plötzlich ungeduldig. Er unterbrach mich.

»Ich hab' Sie nicht hier hereingebeten, nur damit Sie mir meine feste Überzeugung bestätigen, diese Substanz sei geruchlos. Sie müssen wissen, diese Tatsache hat eine positive und eine negative Seite.«

Er korkte die Phiole sorgfältig wieder zu, stellte sie zurück in das Gestell und rieb Korken und Glas mit – wie mir meine Nase sagte – seinem ›Dreifachgeruchsentferner‹ ein, der Baldrian-Zitronengras-Anis-Mixtur. Als nächstes befahl er, ich solle meine Hände wie er im Spülstein waschen, und tupfte dann auf unsere Finger medizinischen Alkohol, rubbelte sie gründlich ab und verpaßte auch ihnen eine Einreibung. Als er damit fertig war, ging er zur anderen Seite des Raumes hinüber, wo sich einige kleine Kommoden befanden, deren Vorderseiten mit feinem Maschendraht gesichert waren, zog eine hervor, nahm eine Pinzette, schob eine Klappe weg und brachte die Pinzette mit einer an den Flügeln gehaltenen Biene wieder zum Vorschein.

»Die habe ich gestern gefangen, am frühen Morgen, bevor Ihr Mädchen Alice mich abholte. Ein paar Piraten waren auf einem Erkundungsflug, und eine kleine Schwadron stürzte sich herab. Sie werden uns oder irgendwelche Bienen niemals in Ruhe lassen, solange sie am Leben sind. Ich betäubte sie durch Musik, wie Sie wissen, und sammelte die paar auf, die auf den Rasen gefallen waren. Bis auf diese hier sind inzwischen alle tot, obwohl ich ihnen ein erstklassiges Quartier und reichlich Nahrung gegeben hatte. Das ist natürlich ein weiteres Geheimnis des Bienenvolkes; es ließ einen der größten französischen Imker sagen, die Biene sei kein Individuum, sondern bloß eine lose, fließende Zelle jenes großen, im wesentlichen unsichtbaren Organismus oder ›Feldes‹, welches wir ›Volk‹ nennen und von dem wir nur seinen materiellen Kern wahrnehmen können – die Honigwaben und die Königin.

Bienen sind nicht lebensfähig, wenn sie von ihrem Schwarm entfernt werden; und diese hier machen da keine Ausnahme. Tatsächlich sind sie, was bei Überzüchtung häufig vorkommt, in dieser und anderer Hinsicht offensichtlich noch nervöser und hysterischer.«

Während er sprach, trug er vorsichtig die gefesselte Biene durch das Zimmer. Sie war ebenfalls dem Tode nahe; ihre Beine bewegten sich langsam, als ob sie sich in einem unsichtbaren Netz verfangen hätten. Die Fühler hingen herab. Die hellen, vielfacettigen Augen sahen bereits getrübt aus. Mr. Mycroft setzte sie auf den Versuchstisch. Sie fiel beinahe um; dann erholte sie sich wieder und fing an, arbeitsam und blind vorwärts zu krabbeln. Aber sie mußte anhalten, offenkundig aus reiner Erschöpfung.

»Ja, ihre winzige unsichtbare Nabelschnur, die sie mit ihrer geheimnisvollen Lebensquelle verbindet, ist schon fast zerrissen«, sagte er, sie betrachtend.

»In wenigen Minuten wird sie tot sein«, stimmte ich zu.

»Dennoch werden wir kein Risiko eingehen«, antwortete er und brachte – in meinen Augen ziemlich überflüssig – einen Moment damit zu, ihre Flügel ruhigzustellen, indem er mit einem feinen Pinsel einen Tropfen Kleber unter die beiden Flügel tupfte und auf diese Weise die Flügel am Körper festklebte.

Das Insekt war dem Tode schon so nahe, daß es nicht einmal summte oder zu spüren schien, daß seine Flügel jetzt fest am Rücken hafteten. Mr. Mycroft wartete, bis der Klebstoff festgeworden war; die Biene blieb ruhig. Das einzige Lebenszeichen war in der Tat, daß sie nicht umkippte. Ich betrachtete sie ziemlich neugierig und vorsichtig, so daß ich nicht sah, was Mr. Mycroft tat. Was ich tatsächlich sah, war, wie die sterbende Biene plötzlich ohne erkennbaren Grund buchstäblich ins Leben zurücksprang. Es war, als hätte sie einen elektrischen Schlag erhalten. Vielleicht hätte nicht einmal Strom sie derartig aktivieren können. Der ganze kleine Körper schien anzuschwellen, die herabhängenden Fühler zuckten wie winzige Schlangen. Die Biene vibrierte vor solch intensiver Energie, daß sich die Flügel aus ihrer Verankerung rissen, wobei die geäderten, transparenten Schwingen nach wie vor am Rücken klebten: Die Flügelstümpfe wirbelten heftig. Es war unser Glück, daß das besessene kleine Wesen nicht abheben konnte. Noch einmal durchlief ein rasendes Beben die Biene; der Körper bog sich in einem gewaltigen Krampf – und sie war tot. Ihr Körper blieb auch jetzt noch so aufrecht und gekrümmt wie im Augenblick ihres Todes.

Ich blickte auf. Mit Gummifingerhüten auf Zeigefinger und Daumen verkorkte Mr. Mycroft die Phiole wieder.

»Warum fällt sie nicht um?« war alles, was ich herausbrachte.

Er antwortete mir, indem er die Pinzette wieder aufnahm und damit die tote Biene ergriff. Er mußte beträchtlich ziehen, um den Körper vom Tisch hochheben zu können. Ein Ruck, und man sah ganz deutlich den langen mörderischen Stachel, der aus dem Körper gerissen worden war und tief im Hartholz stecken blieb.

»Eine große Leidenschaft ist stark bis in den Tod«, bemerkte er und warf die kleine, sich krümmende Hülle des Insekts in den Mülleimer unter dem Experimentiertisch. Mit der leeren Pinzette zog er den Stachel aus dem Holz und ließ ihn in einen kleinen Tiegel fallen, der rotglühend auf einem Bunsenbrenner stand.

»Ein Dorn der Erfahrung ist mehr wert als ein ganzer Dschungel von Warnungen«, fuhr er fort, »und Demonstration ist immer notwendig. Wir beide wissen jetzt absolut sicher, daß wir in diesem Teströhrchen genau das Zeug haben, das wir benötigen – ein Zeug, dessen entscheidendes Merkmal wir unmöglich wahrnehmen können, während es für die spezielle Biene, die wir überlisten müssen, so abscheulich ist wie Vitriol.«

»Und jetzt?« sagte ich.

Ich begriff, daß jetzt der Moment für uns gekommen war zu handeln, unsere Kenntnisse zu nutzen und uns selbst und die Welt von einer tödlichen Pest zu befreien. Ich wußte, wenn ich eine Stunde entschlossen und gehorsam handelte, würde ich von diesem Wirklichkeit gewordenen Alptraum erlöst sein und könnte wieder zu meinem ruhigen, behüteten, glücklichen Leben zurückkehren, zurück ins Licht aus dieser dunklen Nacht. Außerdem spürte ich ein merkwürdiges Gefühl der Zuversicht, zu dem mir die Demonstration schließlich Grund gegeben hatte – ein Gefühl, vermute ich, das der Jäger hat, wenn er in einem Baum verborgen sitzt und mit dem modernsten Sportgewehr bewaffnet ist und dann ein Raubtier in die perfekte Schußentfernung tappt, ohne zu ahnen, daß es im Fadenkreuz steht. Ich fühlte, daß unser Feind ebenso mächtig, bösartig und dumm war wie ein Tiger in seiner eitlen Mißachtung derjenigen, die ihm gegenüberstanden. Es war also nicht länger Ängstlichkeit, die mich zögern ließ.

Mr. Mycroft, der mit großer Vorsicht die Flüssigkeit mit einem Fläschchen, das ein pipettenförmiges Mundstück hatte, aus dem Röhrchen gesogen hatte, sah zu mir auf, nachdem er seine Arbeit beendet und Röhrchen und Flasche in einer hermetisch abgedichteten Schublade verschlossen hatte. »Über meinem chemischen Interesse an diesem Versuch – und ich gebe zu, das hat mich auf seine Weise sehr in Anspruch genommen – habe ich nicht vergessen, daß dieses Problem, auch wenn es jetzt in technischer Hinsicht gelöst ist, in moralischer ein sehr ernstes bleibt.«

Während er das sagte, ging er durch den Raum, riß im Vorübergehen das Fenster weit auf und öffnete eine der mit Maschendraht bedeckten Kommoden am Ende des Zimmers. Ungefähr ein Dutzend Bienen flog heraus. Ich duckte mich, doch sie nahmen schnurstracks Kurs auf das Fenster. Ich blickte hinaus und sah, wie sie auf einen der Stöcke auf dem Rasen zu- und dann hineinflogen.

»Sie sind froh, nach Hause zu kommen«, sagte er, ihnen nachblickend. »Ich verabscheue es, sie unglücklich zu machen, blind und besessen wie sie, wie alle Bienen sind, gefangen in ihrem versteinerten Traum vom instinktiven Dienst am Stock. Wahrscheinlich muß ich Ihnen nicht sagen, daß die ganze Zeit, während ich diesen Extrakt herstellte, die moralische Problematik wie eine dunkle Regenwolke am Horizont meiner Gedanken hing. Ich eliminierte übrigens die groben ätherischen Öle, die das einzige sind, was unsere ungeschlachten Geruchsnerven wahrnehmen können; dann entdeckte ich die eigentliche Substanz, teils mit Hilfe jenes seltsamen Artikels und seiner Tabellen, teils durch Tests mit meinen verschiedenen Raffinierungen – dafür benutzte ich diesen kleinen eingekerkerten Teil meiner eigenen sanften Bienen als Vorkoster beziehungsweise als ›Vorriecher‹ und beobachtete ihre ersten Reaktionen. Als das Gebräu fertig war, bemerkten sie es kaum; als das jetzt kristallklare Zeug jedoch nah an die Arrestkommode der Piratenbienen herangebracht wurde, rannten diese sich fast die Köpfe am Drahtgeflecht ein. Nachdem die technischen Probleme dann vollständig aus dem Weg geräumt waren, wandte ich mich diesem anderen und für mich schwierigeren Problem zu und stellte fest, daß ich so klar, so entschieden und so überzeugt von der unbedingten Richtigkeit meiner Überlegungen war, wie ich davon überzeugt bin, daß diese Substanz hier das Zeug ist, das wir brauchen, um unser Ziel zu erreichen.«

»Worin besteht Ihre Lösung?« fragte ich.

Ich selbst war so verwirrt, daß ich wirklich bereit war, mir einen Rat anzuhören und entsprechend zu handeln.

»Ich sehe«, sagte er, wobei er mich anschaute, »Sie sind so freundlich, mir zu vertrauen; deshalb werde ich Sie um eine weitere Gefälligkeit bitten.«

Ich mußte einige Bestürzung gezeigt haben, denn er fügte schnell hinzu: »Bloß um eine kleine, und die betrifft nur uns.«

Er wird mich zur Geheimhaltung verpflichten wollen, dachte ich. Nun, wir saßen wirklich im gleichen Boot. Ich hatte ihm gesagt, ich würde schweigen. Das würde ich gern noch einmal versprechen. Selbst wenn ich eine gewohnheitsmäßige Klatschbase gewesen wäre – auf meine Verschwiegenheit in diesem einen Punkt konnte man sich verlassen.

Darum war ich überrascht, als er sagte: »Ich werde Sie jetzt darum bitten, mir soweit zu vertrauen, um jetzt noch nicht zu fragen, wie ich das moralische Problem gelöst habe, sondern meine Lösung einfach hinzunehmen. Es wird uns, glaube ich, das Spielen unserer schwierigen und nach wie vor ohnehin gefährlichen Rollen erleichtern, wenn der Mann, den wir *auf die Probe stellen* müssen, auch nicht das geringste Anzeichen einer Absprache zwischen uns erkennen kann. Ich muß ihn noch einmal überzeugen, nachdem ich ihm einen schweren Schlag versetzt habe, daß ich bin, wofür er mich nach wie vor im großen und ganzen hält, so daß er mich als ein mögliches und schutzloses Opfer abtut.«

Nun, es war eine Entlastung, nur zu folgen und sich nicht selbst zu etwas entschließen zu müssen, zu wissen, hier war ein Fachmann, jemand, der die Verantwortung sowohl für die technischen Arrangements als auch für die moralischen Konsequenzen übernehmen würde. Vielleicht war ich zu zuversichtlich, zu beeinflußbar. Diese Stimmung der physischen Bereitschaft und gedanklichen Billigung war nicht normal. Das sollte ich später erfahren. Ich glaube, dies ist ein Gesichtspunkt von erheblicher Bedeutung, denn aus diesem Grunde trage ich viel weniger Verantwortung, sollten in Zukunft irgendwelche Schwierigkeiten auftauchen. Die ganze Zeit, während er sprach, traf Mr. Mycroft Vorbereitungen mit einer Entschiedenheit und Genauigkeit, die – das muß ich sagen – mich daran hinderten, in meinem Gefühl der Sicherheit schwankend zu werden. Offenkundig sah er seine Schritte ebenso deutlich voraus (wie auch immer sie aussehen mochten), wie ein erstklassiger Schachspieler schon zu Beginn des Endspiels analysiert hat, welche Positionen seine Figuren einnehmen müssen, um das Matt herbeizuführen. Es kam nicht unerwartet, daß er jetzt, wo alle Bienen fort waren und das Fenster wieder geschlossen war, das Fläschchen erneut aus der Schublade nahm. Er wischte den pipettenförmigen Hals mit Alkohol ab, setzte die kleine Kappe fest darauf und ließ sie dann in die Jackentasche gleiten. Die nächste Bewegung verwirrte mich. Er ging an seine Aktenschränke und sammelte aus einigen Zeitschriften ein paar lose Blätter, die er in eine Schublade nahe dem Fenster legte. Dann sah er auf die Uhr.

»Wir brauchen uns nicht zu hetzen. Wir gehen hier nicht vor 17.30 Uhr los. Der Zeitfaktor ist ausgesprochen wichtig. Wir müssen ankommen, wenn die Sonne tief steht, aber die Dämmerung darf noch nicht hereingebrochen sein. Man muß diesen Dorfhandwerkern immer Zeit lassen. Also habe ich gesagt, um drei, und jetzt ist es vier, das habe ich erwartet. Es wäre mir lieber, wenn keiner von uns beiden ins Dorf ginge. Wir sollten bei dieser Geschichte nicht gesehen werden. Ich habe meine Instruktionen hinterlassen, als ich gestern in der Abenddämmerung von Ihnen nach Hause zurückkehrte. Aber auch wenn der alte Smith langsam ist, glaube ich, daß er bald auftauchen wird. Ich bin mir ziemlich sicher, daß er meinen Auftrag ausgeführt hat, und ich weiß, er wird schweigen. Er ist einer von denen, die einen geheimen Spaß lieben, um so mehr, wenn er keine genaue Vorstellung davon hat, worum es eigentlich geht.«

Natürlich hatte ich auch nicht mehr Ahnung als dieser Soundso-Smith, was die Bedeutung seiner Bemerkungen anging. ›Spaß‹ war aber wohl die unpassendste Bezeichnung, die man unserem Abenteuer geben konnte. Das entstandene Schweigen lastete auf uns, und während ich über einen Weg nachdachte, wie ich herausfinden könnte, was er gemeint hatte, und gar schon anfing, mich zu fragen, ob er so verrückt gewesen sein könnte, einen Außenstehenden ins Vertrauen zu ziehen, hörte ich draußen hinkende Schritte.

Mr. Mycroft ging sofort zur Tür und schloß sie hinter sich; daher hörte ich nur das eine oder andere gedämpfte Wort aus der Diele. Die Schritte wurden leiser, und Mr. Mycroft kam, ein Blatt Papier betrachtend, zurück. Ich konnte lediglich erkennen, daß es Quartformat hatte und eine gedruckte umfangreiche Überschrift enthielt. Nachdem er es sorgfältig auf einer Schreibplatte nahe dem Fenster ausgebreitet hatte, drehte er es um 180 Grad, so daß die Überschrift jetzt wie eine großformatige Fußnote auf dem Papier zu stehen schien, auch wenn sie zu weit weg war, als daß ich sie hätte lesen können. Während er das Blatt so festhielt, öffnete er mit der freien Hand die Schublade, in die er die losen Blätter gelegt hatte, und kramte einen scheinbar identischen Papierbogen heraus, der allerdings dichter beschrieben war; diesen drehte er ebenfalls auf den Kopf und legte ihn etwas oberhalb des ersten Blattes hin. Dann nahm er eine Feder und arbeitete während der nächsten fünf Minuten völlig konzentriert, wobei er – soweit ich es beurteilen konnte – an der Stelle herumradierte, wo sich jetzt die obere Hälfte des umgedrehten Blattes befand. Er betrachtete sie einen Moment lang sorgfältig, verglich sie mit etwas auf dem anderen Blatt und ging damit dann so schnell aus dem Zimmer, daß ich keinen Blick darauf werfen konnte, als er an mir vorbeieilte. Während ich wartete, glaubte ich, für ein paar Augenblicke das Klappern der Schreibmaschine zu hören, ohne mir dessen jedoch sicher zu sein.

Er kam mit leeren Händen zurück und sagte lediglich: »Jetzt sind wir bereit. Wir haben gerade noch Zeit für einen Tee. Er wartet auf uns in der Bibliothek.«

Wir tranken schweigend. Ich wußte, ich war an einem Scheideweg meines Lebens angelangt, aber meine Stimmung blieb merkwürdig gleichgültig. Als ich den Tee herunterschluckte, spürte ich, wie sich die unternehmungslustige Stimmung wieder aufbaute – schließlich ist

Tee eins der erquickendsten Getränke. Als Mr. Mycroft sagte: »Wir sollten uns aufmachen«, fühlte ich eine merkwürdige Mischung aus zwei Empfindungen. Die eine glich der, die ich immer spürte, wenn ein Onkel, den ich gern mochte, mich in den Zoo mitnahm. Er kannte einen der Tierpfleger im Löwenhaus, so daß wir hinter die öffentlich zugänglichen Käfige eingelassen wurden und zusehen durften, wie der Pfleger einen Leoparden streichelte. Der fand das so angenehm, daß er wie eine Katze schnurrte und gleichzeitig mit seinen Klauen große Splitter aus dem Baumstamm riß, auf dem er sich rekelte. Das andere Gefühl – ich erinnerte mich – hatte ich zu Schulzeiten, als ich beim Kricket am Schlag war: Jeder dachte, ich würde sofort abgeworfen werden, aber ich traf sogar eine Spielfeldgrenze und machte dreiundzwanzig Läufe, bevor ich ausgeschaltet wurde.

Ich erinnere mich nicht, worüber Mr. Mycroft sprach, während wir hinausschritten, aber der allgemeine Eindruck bleibt, daß er wie die meisten guten Schauspieler dabei war, seine Rolle aufzubauen. (Ich erinnere mich, daß ich mich fragte, ob er wohl diesen Beruf ausgeübt hatte, bevor er sich zur Ruhe setzte, und daß er wohl doch kein Arzt gewesen war. Er hatte zweifellos eine ganz ungewöhnliche und außerordentlich überzeugende Art, Rollen aufzufassen.) Unwillkürlich bemerkte ich, daß er sich jetzt in die Stimmung seines Parts versenkte, die er seinem Publikum aufzwingen wollte – auch wenn dieses Publikum nur aus zwei verwirrten und ziemlich unruhigen Männern bestehen würde, von denen der eine zwar nicht wußte, welche Rolle er in Szene setzen würde, wohl aber, daß es Theater war, und von denen der andere nicht einmal wußte, wer er war, aber den Verdacht hatte, er könnte ein Schwindler sein. Ich begriff, wieviel davon abhing, daß er in der Lage war, seine Rolle, die er spielen würde, überzeugend überzubringen. Das war so lebenswichtig, daß die Einzelheiten seiner Schauspielerei nicht einmal mir bekannt sein durften. Andernfalls wäre ich auf seine verschiedenen Aktionen vorbereitet gewesen; und wenn mir bewußt gewesen wäre, was kam, könnte das den Eindruck von Natürlichkeit und Spontaneität zerstören, den er erzeugen und den ich durch meine reale Unwissenheit unterstützen mußte, nur so unterstützen konnte.

Ich erinnere mich dunkel, daß er über Blumen plauderte und viele Fachausdrücke benutzte. Ich glaube, es war ihm egal, ob ich zuhörte. Ich bin sicher, ich tat's nicht. Anscheinend ohne Heregroves Haus weiter zu beachten, eilte er zu dessen Tür, denn er war augenscheinlich noch ganz von einer lebhaften Unterhaltung mit mir in Anspruch genommen; so schwätzte er mir eine aufregende Geschichte ins verständnislose Ohr. Immer wieder sagte er: »Ich hatte recht. Ich dachte mir's schon – ich wußte es. Und trotzdem, wer hätte das geahnt! Ich konnte einfach nicht warten. Genausowenig könnte er oder sie es begreifen, was das heißt! Man kann solche Männer nur dann so überraschen, daß sie handeln, wenn man einen ganz besonderen Fund hat – ein ideales Stück für ein Naturhistorisches Museum.«

Wir standen an der Tür, und nachdem er fröhlich geklopft hatte, wandte er ihr den Rücken zu, und fuhr – immer noch kichernd, mit erhobener, aufgeregter Stimme fort:

»Ja, Ja, Mr. Heregrove wird darüber erfreut sein; das bedeutet für ihn einen netten Gewinn, wenn ihn das interessiert, und auch eine bemerkenswerte Auszeichnung. Die Rechte daran gehören ihm allein. Ich habe ihm die ganze Ehre zugesprochen, und ich werd' dafür sorgen, daß er sie auch bekommt. Äußerst notwendig,

Amateure zu ermutigen, äußerst notwendig. Wieviel gute Arbeit geht verloren, weil man das nicht tut! Einfach hoffnungslos! Amateure machen immer wieder Entdeckungen, und die Fachleute sind zu eifersüchtig, um dem wahren Finder die Anerkennung zukommen zu lassen.«

Mitten in diesem in hoher Tonlage fließenden Redestrom schwang er herum und klopfte erneut ein paarmal heftig gegen die Tür. Keine Antwort. Weder gab es in diesem einseitigen Konversationsfluß eine Pause, noch zeigte sich auf seinem strahlenden Gesicht ein Anzeichen von Ungeduld, als er mal mich flüchtig betrachtete, mal mit einem Umschlag in seiner Hand spielte – kein Anzeichen dafür, daß er in diesem Moment einen verzweifelten Verbrecher, der vermutlich in Hörweite lauerte, in seinen Bau zurückdrängte. Ich glaube nicht, daß er zum Aufrechterhalten dieser Maske irgend etwas von dem brauchte, was ich Selbstbeherrschung genannt hätte. Er stellte jetzt *wirklich* ganz und gar den liebenswürdigen, aufgeregten alten Narren dar. Nur von ganz tief unten, gut verborgen vor einer möglichen Entdekkung, lugte seine unermüdliche Wachsamkeit hervor, seine Entschlossenheit, die Beute nicht entkommen zu lassen. Ich erkannte, wie recht er damit gehabt hatte, mich, einen bestenfalls amateurhaften Schauspieler (ich hatte allerdings zu Schulzeiten stumme Rollen übernommen und einmal eine ganz ordentliche Portia abgegeben), mich, der ich durchaus Lampenfieber bei diesem unangenehmen ›Auftritt‹ hatte, nicht detailliert wissen zu lassen, welche Rolle ich spielen sollte. Um so besser konnte ich nun meine Rolle übernehmen, die – das war jetzt klar – darin bestand, einen ganz offenkundig vor einem Rätsel stehenden jungen Mann darzustellen, der gezwungen ist, noch einmal diesen lächerlichen exzentrischen alten Gelehrten mitzubringen. Eine Absprache zwischen uns – diesen Verdacht konnte nicht einmal ein gejagter Mörder hegen.

Während einer dieser aufgeregten Wiederholungen schweifte er plötzlich buchstäblich ab – von der Tür wieselte er um die Ecke des Hauses herum. Bevor ich ihm folgen konnte, hörte ich ihn rufen: »Ah, hier sind Sie. Das war ja klar. Und da haben wir erwartet, Sie im Haus vorzufinden! Aber Sie haben schon geahnt, welche Neuigkeiten ich bringe.«

Zu diesem Zeitpunkt hatte ich selbst die Hausecke erreicht und konnte den Garten übersehen. Mr. Mycroft wedelte mit einem Blatt Papier vor Heregroves Gesicht herum – einem Gesicht, auf dem ein sehr gefährlicher Ausdruck lag, der erkennbar lediglich von etwas verdrängt wurde, was ich in jeder anderen Situation ›komische Bestürzung‹ hätte nennen müssen. Offenbar hatte er geglaubt, er säße in der Falle. Er hatte uns kommen sehen – hatte sich im Haus versteckt und sich dann zur Hintertür herausgestohlen. Ich mochte an die fürchterlichen Konsequenzen gar nicht erst denken – aber Mr. Mycroft war zu schnell für ihn gewesen. Er mußte seine vorsichtigen Schritte auf dem Weg gehört haben und war ums Haus gelaufen, um auf ihn zu treffen und ihn aufzuhalten. Die Sonne stand tief, die Luft war bereits kühl, der Garten ruhig, die Stöcke still. Der merkwürdige, trostlose Ort strahlte in diesem Frieden eine seltsame, versöhnliche Schönheit aus, wie jemand, der akzeptiert hat, daß sein Tod nahe ist, und der ihn nicht länger fürchtet oder in Frage stellt.

Dieses Gefühl hatte Heregrove bestimmt nicht. In seinem Gesicht leuchtete etwas auf, das ich nur als eine Art verärgerter Erleichterung bezeichnen kann. Ob er wollte oder nicht, er mußte die Geschichte, die ihm aufgezwungen wurde, und die Figur ihres Erzählers für echt halten, eines Erzählers, der sogar während seiner Schauspielerei so viel mächtiger war als sein eitles, mörderisches, größenwahnsinniges Ego.

»Ah«, sagte Mr. Mycroft und wirbelte zu mir herum, als ich herankam, »Ich habe dem armen jungen Mr. Silchester hier schwer zu schaffen gemacht! Er ist länger im Dorf als ich, und er sagte mir, ich könne mich Ihnen unmöglich noch einmal aufdrängen. Sie würden mich aufsuchen, und dann könnte ich Ihren Besuch erwidern. Wenn es sich um irgend etwas Dringendes handeln würde, könnte ich ja schreiben. Aber ich konnte einfach nicht warten. Das wäre Ihnen gegenüber nicht fair gewesen. Sie müssen es einfach wissen. Die großen Tiere hätten nicht gezögert, hätten gedrängt. ›Aber, aber, Mr. Silchester‹, sagte ich, ›Mr. Heregrove würde mir die Verzögerung niemals verzeihen, und zu Recht, ganz zu Recht.‹ Die Beachtung der Form kann eine echte Unfreundlichkeit sein, wenn dadurch gute Neuigkeiten zurückgehalten werden – aus bloßer Pedanterie!«

Ich stand daneben, ein Bild der Verwirrung, die ich fühlte, auch wenn dieses Gefühl von ganz und gar anderen Ursachen herrührte, als Heregrove annahm, während er mich beäugte. Ihn anzusehen, war für mich völlig ungefährlich. Ich *konnte* nur etwas zeigen, was er falsch interpretieren *mußte.* Also beobachtete ich sein Gesicht mit einem merkwürdigen Gefühl angesichts der grausigen Absurdität der ganzen Situation. Ich ertappte mich sogar bei einer Art schwachem, einfältigem Lächeln, das unter den gegebenen Umständen natürlich die überzeugendste schauspielerische Leistung war. Doch während ich beobachtete, wie sich Heregroves Gesichtsausdruck änderte und sich der verzweifelte Blick des Gejagten wieder in grausame Selbstsicherheit verwandelte, stieg in mir spontan das Gefühl auf, daß er nun wieder der Jäger war, daß er, statt mit zwei gnadenlosen Spürhunden konfrontiert zu sein, sich zwei irren Hasen gegenübersah, die frohgemut gerade dorthin hüpften, wo er, der Fuchs, verborgen lag.

Inzwischen hatte Mr. Mycroft ihm das Blatt Papier aufgenötigt, so daß Heregrove es nun in der Hand hielt und gezwungen war, es zu lesen.

»Als ich gestern abend zurückkam, war mir sofort klar, ich mußte es den hohen Herren erzählen«, plapperte Mr. Mycroft munter weiter. »Also rief ich Miles an, obwohl ich Ferngespräche nicht mag. Er weiß, ich würd' das nicht tun – auch noch bei ihm zu Haus –, wenn ich nicht eine echte Neuigkeit hätte. Ich habe ihm ganz exakt von Ihrer Entdeckung berichtet. Denn, um die Wahrheit zu sagen, Mr. Heregrove, ich werde mich niemals davon überzeugen lassen, daß das ein Zufall war! Ich weiß, man sagt, der Zufall sei fähig, Affen dazu zu bringen, durch bloßes Herumhacken auf der Schreibmaschine wie Shakespeare zu dichten, aber das hab' ich nie glauben können, und – selbst wenn – es wird jedenfalls vorausgesetzt, daß sie unendlich viel Zeit haben. Nun gut, nun gut, *wir* haben die nicht«, fuhr er atemlos fort. »Das meinte Miles auch. Sehen Sie, er hat diese Nachricht geschrieben, ist rausgerannt und hat sie abgeschickt, damit ich sie noch heute morgen bekomme. Miles weiß Bescheid! Er ist so lang ihr Sekretär gewesen; ein Mann in einer solchen Position kann ziemlich verbindlich für den Ausschuß sprechen. Er kennt deren Meinung, und wenn sie keine haben, macht er sie! Und sehen Sie her, was er sagt.«

Er fuhr fort, den Kopf über Heregroves zurückweichenden Arm zu recken und mit den Fingern auf das Blatt zu tippen.

»›Volle Anerkennung ... nicht nur wertvoll, sondern bedeutend‹ ... sehr wissenschaftlich das, sehr. Kennt den Geldwert, aber das wissenschaftliche Prestige ist natürlich das Eigentliche an der Sache. *Tulpia Heregrovia* wird in allen Katalogen stehen, wenn erst ein paar Tulpensaisons verstrichen sind. Sie werden einen Namen haben und ein Honorar bekommen. Nun, ich gehe davon aus, Sie werden beides zu schätzen wissen, und in diesem Fall ist beides recht beträchtlich. Die Holländer werden durch diese Vorschriften zur Virus-Eindämmung von unserem Markt gedrängt. Es gibt jetzt eine Nachfrage nach wirklich neuen Spielarten, eine Nachfrage, wegen der man für die Zwiebeln wirklich hohe Preise erzielt. Ein Narzissenzwiebelanbauer in der Nähe von Hastings besaß eine, die fünfhundert Pfund wert war. Tulpenpreise gehen noch höher, und hat man erst mal eine, kann man viele züchten, wenn man ein Händchen für so was hat, und das ist bei Ihnen ganz sicher der Fall. Sehen Sie, das Institut bietet Ihnen jede nur mögliche Erleichterung an. Sie kennen es zweifellos. Es gibt keinen besseren Platz zum Arbeiten. Es hat schon manch einen brillanten Amateur wie Sie gefördert, und – wenn ich das so sagen darf – es ihm höchst behaglich eingerichtet. Ich habe so überstürzt gehandelt, weil der Ausschuß morgen zusammentritt. Bei dem Treffen in diesem Quartal legt er die Zuschüsse fest und bietet ausgewählten Amateuren seine Laboratoriumsausrüstung, die Assistenz von Experten, seine Gewächshäuser und seine Auspflanzbeete an. Wenn wir Miles heute abend telefonisch durchgeben können, daß Sie akzeptieren, wird das für ihn und mich eine Feder am Hut sein – so einen brillanten Laienzüchter gefunden zu haben, der noch nicht mal daran gedacht hat, sich beim Institut zu bewerben!«

Mr. Mycroft brach in rhythmisches Kichern aus – wenn ich mal so sagen darf – und strahlte abwechselnd das Papier und Heregroves Gesicht an.

»Der gute alte Miles«, sagte er versonnen, während er offenkundig jeden Augenblick Heregroves Zustimmung erwartete.

»Sie haben zweifellos diese berühmte Unterschrift schon gesehen? Sie kann eine Menge bewirken, oh ja, eine ganze Menge; auch wenn sie, wie ich ihm immer sage, eine hybride Kreuzung von Arabeske und Anagramm ist und ihr einziger Nutzen darin besteht, einem Fälscher ins Handwerk zu pfuschen, und nicht, einen Namen mitzuteilen. Nun, ich darf ihm doch ein ›Ja‹ durchtelefonieren?«

Heregrove war offensichtlich vollkommen verwirrt. Die durch den Brief bestätigte Geschichte konnte er nicht widerlegen oder begründet anzweifeln. Aber für mich war klar, daß – obwohl er die Geschichte glaubte – er entschlossen war, das Angebot zurückzuweisen, für wie profitabel er es auch immer halten mochte und wie fest er von der Existenz der Summe auch immer überzeugt sein mochte.

»Wissen Sie, Mr. Mycroft, wie ich Ihnen schon sagte, ich bin an Blumen nicht interessiert. Ich bin gerne bereit, Ihnen und Dr. Miles zu glauben, daß ich hier etwas Wertvolles besitze. Vielleicht ... « (in diesem Moment konnte ich die Lüge über sein Gesicht kriechen sehen), »vielleicht habe ich Ihnen letztes Mal nicht die ganze Wahrheit gesagt und besitze doch eine gewisse Kenntnis, einen gewissen Sinn für Blumenzucht. Aber ich kann hier nicht weg oder nach London gehen oder dem Institut angehören. Das ist völlig unmöglich. Ich werde die Pflanze schnurstracks verkaufen, wenn wir eine objektive Partei finden können, die über den Preis entscheidet. Aber ich habe andere, wichtigere Interessen, als neue Pflanzenvariationen zu ziehen.«

Ich verspürte eine gewisse offene Verachtung, eine gewisse abschätzige Selbstsicherheit in diesem letzten Satz. Er war von sich und seiner Sicherheit so überzeugt, daß er bereit war, uns zu erzählen, daß wichtigere Arbeit anstand, als sich eine recht ansehnliche Reputation und eine nette Summe Geld zu erwerben. Er genoß – sogar auf das kleine Risiko hin, uns mißtrauisch hinsichtlich seines wirklichen Interesses zu machen – die tragische Ironie der Situation, uns ins Gesicht zu sagen, daß es ihm mehr Spaß machte und größeres Vergnügen bereitete, uns zu töten, als neue Formen des Lebens zu kreieren.

»Es tut mir leid«, sagte Mr. Mycroft, »es tut mir wirklich leid, daß wir Sie nicht überreden können, diesen Weg zu gehen.«

Seine Stimme brachte echtes Bedauern zum Ausdruck. Sie überzeugte Heregrove, aber wieder beurteilte er den *Ausdruck* korrekt als aufrichtig und lag erneut hoffnungslos, verhängnisvoll daneben in seiner Einschätzung der Ursache für diese Traurigkeit. Er glaubte, einem skurrilen, fanatischen Züchter gegenüberzustehen, der – ohne es zu wissen – versucht, einen Tiger ins Haus zu locken, damit der mit einem Wollknäuel spielt. In Wirklichkeit stand er seinem Richter gegenüber, der ihn anflehte, seine letzte Chance zu nutzen, dem Verhängnis zu entgehen – auch wenn das, wie mir schien, kein echtes Angebot war. Ich empfand diese Szene widerlich erregend. Während ich sie verfolgte, erschien sie mir in ihrer tragikomischen Ironie schrecklicher als jedes Gerichtsverfahren in dem Moment, in welchem der Angeklagte sieht, daß der Richter die schwarze Kappe aufsetzt.

Ich konnte nicht absehen, wie die Sache im einzelnen ausgehen würde. Das Ende aber sah ich durchaus vor mir, so phantastisch seine Teile auch aussehen mochten, vielleicht gerade wegen jenes phantastischen Elements: Der dem Untergang Geweihte war davon überzeugt, er sei perfekt getarnt und teile völlig erbarmungslos unsere Schicksalskarten aus. Für ihn war es undenkbar, daß der Mann, der ihn anflehte, das tun könnte, was er tatsächlich tat – daß er ihn bat, einen anderen Weg einzuschlagen. Daß dieser alte Kauz sein Geheimnis kannte und sein Schicksal in den Händen hielt, war für ihn offensichtlich unvorstellbar. Denn jetzt sah der Mörder jenen Mann, den er dazu trieb, ihn zu verurteilen, mit offenkundiger Verachtung und der Überzeugung an, daß er, sein Richter, lediglich ein hilfloser alter Narr und das Mordopfer Nummer drei sei. Ich dachte über den augenblicklichen Höhepunkt des Dramas hinaus.

Wegen dieser schrecklichen Unwissenheit, dieser vollkommen hoffnungslosen Fehleinschätzung seiner Lage erfüllte mich die Szene plötzlich mit einem überwältigenden Gefühl ihrer grundsätzlichen Bedeutung. Hier, in diesem grotesken Spiel von hartnäckigem Mißverständnis, von selbstzerstörerischer Hartherzigkeit und barmherzigem Bitten (das in diesem Falle – und vielleicht sogar immer – nur in Symbole verkleidet vorgetragen werden konnte), schienen mir in diesem Augenblick irgendwie all unsere menschlichen Tragödien, das ganze Schicksal der Menschheit im Kleinformat aufgeführt zu werden. Das erschütterte mich viel mehr als der Untergang dieser einen brutalen und tückischen Bestie. Es erschütterte mich, weil ich plötzlich und in diesem Augenblick schrecklich klar erkannte, daß diese Situation in gewisser Hinsicht eine ist, mit der wir alle einmal im Leben konfrontiert werden: Jene Menschen, die wir am verächtlichsten und gedankenlosesten behandeln, sind gerade diejenigen, die uns unter der Maske der Bedeutungslosigkeit um Verständnis und Gefühl bitten und die keine andere Wahl haben, als uns zu verurteilen, wenn es ihnen nicht gelingt, uns zu beeindrucken und für sich zu gewinnen; in Wirklichkeit haben wir uns dann bereits selbst verdammt. Dieses Gefühl kann ich heute nicht mehr nachvollziehen, aber um der Ehrlichkeit willen muß ich diese Gedanken aufschreiben, die mir damals durch den Kopf gingen.

»Also gut, also gut.« Mr. Mycrofts niedergeschlagene Stimme brach eine Stille, die nicht wirklich lang gedauert haben kann, auch wenn sie mir unendlich erschien – ein merkwürdiges, zeitloses Zwischenspiel zwischen zwei Akten unserer gefährlichen Farce. Seine Augen waren mit einer Intensität auf Heregrove geheftet, die ich als höchstes Interesse – wissenschaftliche Neugier gemischt mit außerordentlichem Mitleid – deuten konnte, und die Heregrove – dreist wie er war – falsch auffassen mußte als übertriebene Besessenheit und unbedeutendes Spezialistentum. Wie dem auch sei, Heregrove machte den ersten Schritt.

»Ich bin beschäftigt, meine Herren, und da ich Ihren Vorschlag nicht akzeptieren kann, muß ich mich verabschieden.«

Dann fügte er widerwillig, um nicht allzu hochmütig zu erscheinen, in unverbindlichem Ton hinzu: »Ich bin Ihnen verbunden, daß Sie meine Aufmerksamkeit auf diese Möglichkeit gelenkt haben.«

Er machte Anstalten wegzugehen. Völlig unbefangen und im Einklang mit seiner Rolle schloß Mr. Mycroft sich ihm an, schlenderte neben ihm den Gartenweg entlang und drängte ihm seine Gesellschaft mit einem erneuten Redestrom auf.

»Eine wirkliche Enttäuschung. Vielleicht konnten Sie nicht akzeptieren, das begreife ich. Aber ich bin davon überzeugt, *Sie* wissen, daß es nett gemeint war, und ich bin sicher, Sie sind interessiert an dem, was ich weiterhin Ihre ›Errungenschaft‹ nennen werde. Belohnungen mögen Sie für unwichtig erachten, aber Forschung werden Sie doch gestatten, nicht wahr? Ah, da ist sie! Ich weiß, Sie werden mir eine weitere Untersuchung erlauben. Letztes Mal war's ja kaum mehr als ein flüchtiger Blick – gerade genug, um sicherzugehen, aber natürlich zu oberflächlich, um sie wirklich zu würdigen. Für uns Züchter und Sammler – Mr. Heregrove, Sie können sich nicht vorstellen, was für eine Sensation die kleinste Variation, der winzigste Hinweis auf eine Mutation ist. Woran der Laie kaum denkt – was er kaum bemerkt – erregt uns ebenso wie ein neuer Stern einen Astronomen.«

Wir waren neben den paar Tulpen angekommen, die Mr. Mycroft geschickt in den Dreh- und Angelpunkt dieses ganzen delikaten und gefährlichen Unternehmens verwandelt hatte.

»Da Sie selbst ein Züchter sind, brauche ich Ihnen das kaum zu sagen«, fuhr er zu Heregrove gewandt fort, der unruhig und mit offenkundig zunehmend wütender Ungeduld daneben stand, aber keine Möglichkeit sah, wie er sich zu diesem Zeitpunkt loseisen konnte. »Ich werde mir mit Ihrem Schatz keine Freiheiten herausnehmen, einem Schatz, der zweifelsohne nicht weniger wertvoll ist als die auf ewig berühmte Schwarze Tulpe. Aber« – Mr. Mycroft beugte sich zu der größten Blüte herab – »ich weiß, Sie werden gestatten . . .«

Er machte eine Pause, als sei er geistesabwesend in die Betrachtung der Blütenblätter vertieft; in Wirklichkeit aber – das konnte ich erkennen – wollte er sichergehen, daß er die Gier in dem Mann geweckt und gefesselt hatte, der im Moment zweifellos noch sehr knapp bei Kasse war, was auch immer er sich in seinen Träumen von Habsucht und Reichtum durch Mord erhoffen mochte. Noch vor einem Moment hatte es so ausgesehen, als würde Heregrove einfach weg- oder zumindest vorausgehen. Jetzt war er gefangen, kam näher, wurde geködert und eingezogen, wie eine Forelle im Bogen von einem Angler eingezogen wird, der mit Trockenfliegen angelt. Auch er betrachtete nun die Blume – mit einem ziemlich dummen Gesichtsausdruck, wie ich fand.

Ich glaube, ich begriff jetzt zum ersten Mal während der ganzen Zeit, in der er mein Gegner gewesen war, daß er in Wirklichkeit – trotz seiner bemerkenswerten List – letzten Endes ein dummer Mensch war. Man hatte ihn bloß für schrecklich und allwissend gehalten, weil man Angst gehabt hatte und sich daher nicht in seine Person hineinversetzen konnte. Langsam begriff ich, daß nahezu alle Mörder nur deshalb so schrecklich sind, weil wir uns vor ihnen fürchten, und nur wegen des kleinen Vorsprungs so schlau erscheinen, den ihnen der Bruch der Regeln verschafft. Anfangs halten wir sie für durchschnittliche Menschen, die die Spielregeln nicht verletzen werden, und dadurch führen sie um ein, zwei Kopflängen.

»Ich weiß, Sie werden mir gestatten, die Pflanze gründlich zu studieren«, wiederholte Mr. Mycroft geistesabwesend.

Heregroves Blick wanderte von Mr. Mycroft zu der Blume und wieder zurück. Offensichtlich war er mit jedem Augenblick mehr verwirrt. In seiner Konfusion kam ihm die Idee – die eine leichte, aber nicht ausreichende Oberhand zu haben schien –, daß Mr. Mycroft im Begriff war, die wertvolle Blüte vom Stil zu rupfen und sich damit eiligst aus dem Staube zu machen. Mich hatte er augenscheinlich für die Rolle des Abfängers vorgesehen, der es dem Dieb ermöglicht, ohne Schwierigkeiten zu entkommen, indem er auf dem Verfolgungsweg herumstolpert. Mr. Mycroft erhöhte die Verwirrung des Mannes noch, indem er sich so weit vorbeugte, daß er die Hände auf den Rücken legen mußte, um nicht das Gleichgewicht zu verlieren. Ein Raub der Blüte war aus einer solchen Position völlig unmöglich, einer Position, die Mr. Mycroft wie eine Riesendohle aussehen ließ, als er den Kopf wandte und mit scharfem Blick zu Mr. Heregrove aufsah.

»Ja«, sagte er. »Genauso bemerkenswert, wie ich dachte. Aber das Licht wird schlecht, und die Blütenblätter sind schon ziemlich weit geschlossen. Ich habe genug gesehen, um mir ihre grundsätzlichen Züge für einen kurzen Bericht merken zu können – ich werde Ihnen diesen selbstverständlich vorlegen. Und wenn ich Ihnen einen Rat geben darf: Ich würde vorschlagen, daß Sie Ihren Fund so bald als möglich registrieren lassen. Sollten Sie zufällig die Adresse nicht kennen, werde ich Sie Ihnen geben, bevor wir uns verabschieden.«

Dieser Handstreich überzeugte Heregrove offensichtlich davon, daß aus uns etwas herauszuholen war, praktisch ohne jegliche Mühe für ihn selbst, daß wir lebend tatsächlich noch einen kleinen Profit abwerfen konnten, bevor unser Tod ihm Stoff für seine experimentellen Interessen lieferte. Mr. Mycroft bereitete seinen nächsten Schlag so vor, daß nichts natürlicher und unverdächtiger hätte wirken können.

»Die Zwiebel ist natürlich das Interessante an der Sache, und da niemand außer uns etwas davon weiß, ist sie in der Erde ebenso sicher wie ein vergrabener Schatz. Daher weiß ich, Sie werden nichts dagegen haben, wenn ich die einzige Sache mitnehme, die noch für die umfassende Beschreibung Ihres Wunders fehlt, denn so können Sie einem vielbeschäftigten Mann einen zweiten Besuch ersparen: ein Paar Pollenkörnchen. Sie sind natürlich von keinerlei kommerziellem Wert, sondern von rein wissenschaftlichem Interesse.«

Ich sah, Heregrove verstand genug von Blumen, um zu wissen, daß Mr. Mycroft die Wahrheit sagte. Er dachte sich wohl, es sei am besten einzuwilligen, um so die Unterredung zu beenden. Auf diese Weise würde er uns am schnellsten los. Vielleicht murmelte er sogar eine Erlaubnis. Jedenfalls stand er still und sah auf Mr. Mycroft herab, während dieser seine verschränkten Hände auf dem Rücken löste. Seine rechte Hand war mir verborgen, da ich links von ihm, ein paar Meter näher am Haus stand, und mit dem Licht war es bereits nicht mehr weit her. Ich sah, wie er etwas in den Kelch der Blume hielt, und hörte dann einen leicht verärgerten Ausruf.

»Er ist blockiert«, sagte er eher zu sich selbst, um sich dann an Heregrove zu wenden: »Diese Patentpollensauger respektieren die Jungfräulichkeit von Blumen, aber ich bin nicht sicher, ob der alte Zahnstocher mit dem Wattebäuschchen an der Spitze nicht besser war. Bestimmt gab's damit weniger Scherereien. Diese superfeinen Kanülen verstopfen dauernd. Ich muß ihn freiblasen.« Er drehte sich um, und ich konnte in seiner Hand das Fläschchen sehen, dessen Spitze nach unten zeigte. Augenscheinlich vollkommen in die Reinigung vertieft, um eine gute Saugwirkung zu erzielen, fuhr Mr. Mycroft fort, die Pumpe wieder und wieder zu drücken. Ich hörte einen scharfen Luftzug und sah, daß das Röhrchen ganz zufällig – so schien es selbst mir – auf Mr. Heregroves Beine gerichtet war. Mr. Mycroft schüttelte das

Apparätchen noch immer, wobei er sich bei dieser anstrengenden Beschäftigung beinahe aufrichtete. Offenkundig war er so vertieft in die Aufgabe, es funktionstüchtig zu machen, daß er nicht bemerkte, daß es nach wie vor auf Heregrove und jetzt direkt auf seinen Körper gerichtet war. Heregrove stand still und wartete ungeduldig auf etwas, das er für die Reparatur einer kleinen Luftansaugpumpe hielt.

»Na also«, sagte Mr. Mycroft, wobei er sich wieder bückte. »In Ordnung. Jetzt saugt er wieder. Der kleinste Zug reicht schon, wenn er erstmal funktioniert. Pollen sind ein wundervolles Studienobjekt. Kaum sichtbar für das bloße Auge, und doch hat jede ihre ganz besondere Form, die uns erzählt, welchem Geschlecht sie angehört, uns mit diesen wundervollen fossilen Pollen die ganze Geschichte der Pflanze, sogar die vollständige Ahnenreihe der Pflanzengeschlechter und ihrer Anordnungen verrät. Aber in diesem Falle nicht das Grundmuster der Pflanze. Deshalb sind Sie sicher davor, daß wir Ihnen selbst unbeabsichtigt irgend etwas wegnehmen. Unser Besuch hatte die Aufgabe, Ihnen ein Angebot zu unterbreiten«, fuhr er fort, wobei seine Worte nun etwas zusammenhängender wirkten, »ein Angebot, das Sie nach reiflicher Erwägung ablehnten.«

Er richtete sich auf. Plötzlich verlor er völlig das Gebaren des alten Blumenenthusiasten – wie ein Efeubewuchs, der mit einem Schlag heruntergerissen wird und einen schauerlichen Turm frei gibt, den er verborgen hatte.

»Gute Nacht, Mr. Heregrove, gute Nacht, und sollten Sie in der Nacht aufwachen und Ihre Entscheidung noch einmal überdenken, dann hoffe ich sehr, Sie kommen direkt zu mir, ohne einen Augenblick Zeit zu verlieren. Mir ist es schon so ergangen, und ich habe festgestellt, solche Gedanken verdienen es, daß man prompt auf sie reagiert. Ich wäre wirklich sehr dankbar dafür, dankbarer, als ich Ihnen vielleicht begreiflich machen kann, wenn Sie sich entschließen könnten, den Weg einzuschlagen, den ich Ihnen vorschlagen konnte. Ich weiß, ich muß Ihnen als ein lächerlicher alter Mann erscheinen, der ein fanatisches Aufheben um eine Sache macht, die ihn nichts angeht. Vielleicht denken Sie sogar, ich flehe mit sentimentaler Aufdringlichkeit um den Schutz und die Bewahrung einer seltsamen und äußerlich unbedeutenden Variante der vielfältigen Manifestationen und geheimnisvollen Formen des Lebens. Sie denken: Ist es das wert, darin so heikel zu sein? Warum soll man sich die Mühe machen, alles Lebende zu bewahren? Ist das denn so wichtig? Glauben Sie mir, ich fühle, daß es nicht das Geld oder die Reputation ist, die auf dem Spiele steht. Alles Leben benötigt Schutz, Unterstützung, Verteidigung. Wir können da einfach nicht gleichgültig oder rücksichtslos sein, nicht wahr?«

Seine Stimme war leiser geworden und schließlich verstummt, worüber ich wirklich froh war. Heregroves Geduld war am Ende. Bis jetzt hatte er seine Überzeugung noch nicht in Zweifel gezogen, daß wir in seiner Gewalt waren und daß das Gegenteil unmöglich sei. Er drehte sich einfach auf dem Absatz um.

»Ich habe mehr Zeit vergeudet, als ich erübrigen kann«, sagte er über die Schulter. »Schließen Sie beim Hinausgehen das Tor.«

Er ging schwungvoll den Weg entlang in Richtung der Weiden. Mr. Mycroft sagte nichts. Ich folgte ihm, als er rasch am Haus vorbeiging, die Pforte erreichte, sie öffnete, sorgfältig wieder den Haken vorlegte und die Straße hinunterging.

Kapitel 9

Fliege bricht mit Wespe

Er schwieg, bis wir meine Gartenpforte erreicht hatten. Dann wandte er sich zu mir um.

»Ich hoffe, Sie nehmen es nicht übel, wenn Sie – genau wie ich – mit einer absonderlichen Tulpenvariante verglichen wurden. Immerhin, die größten Dichter haben gedacht, daß unser Leben sehr ähnlich dem Schicksal der Lilien auf dem Felde sei, und eine höhere Autorität hat uns aufgefordert, aufeinander Rücksicht zu nehmen, unter anderem wegen der bewegenden, vergänglichen Schönheit eines Blumenlebens.« Dann sagte er ernster: »Ich mußte ihm jede nur mögliche Chance geben; dafür mußte ich sogar die recht riskanten Bemerkungen am Ende wagen und darauf hoffen, daß er es als zufälliges Zusammentreffen abtun würde. Obwohl weise Menschen wissen, daß es im Leben keine Zufälle gibt, habe ich darauf spekuliert, daß meine Sorge um das Leben dieser Pflanze und seine Gleichgültigkeit ihr gegenüber auf seine schreckliche Gleichgültigkeit Menschenleben gegenüber hinwiesen, eine Parabel dafür waren. Ich hoffte, dieser merkwürdige Vergleich würde ihn aufwecken. Das war meine letzte Hoffnung. Einen Augenblick lang hatte ich den Verdacht, er fragte sich, ob mir bewußt wäre, wie treffend meine Worte in seinem Falle waren. Aber er hat sich zu tief in jener hemmungslosen Selbstgewißheit verloren, die Ausdruck endgültiger und verhängnisvoller Ignoranz ist –

jener Ignoranz, die Bitte und Warnung mißachtet, was die gütigste und weiseste aller Religionen, der Buddhismus, zu Recht als die wesentlichste und die eine unverzeihliche Sünde bezeichnet; zumindest in diesem Leben. Und das ist alles, wofür wir unbedeutenden Männer der Tat Vorsorge treffen können – für das kleinere von zwei Übeln hier auf Erden und für die Hoffnung, daß an einem anderen Ort, unter anderen Bedingungen jene, die ihr Leben und ihren Körper nur als eine Schlinge empfunden haben, in der sie sich durch ihre Kämpfe aus Gier und Angst erwürgen, und die in ihrem blinden Streben nur zu einer Gefahr für alle in ihrer Nähe werden – daß jene sich ihrer Verblendung bewußt werden mögen, sie von ihnen abfällt wie ein böser Traum, und daß sie neu zu leben beginnen.«

Er war augenscheinlich bewegt, und obwohl ich natürlich wenig geneigt war, diesen recht extravaganten Spekulationen zu folgen, wollte ich unbedingt, daß er weitersprach. Ich wollte nicht allein gelassen werden. Die Anspannung der Tat war vorbei. Das Drama spielte sich jetzt anderswo ab. Während des letzten Aktes war der Vorhang gefallen. Nun konnten wir nur noch abwarten, wie das Schicksal entschied. Meine Gedanken wirbelten durcheinander, jetzt, wo ich Zeit zum Nachdenken hatte. Ich spürte, wenn ich allein gelassen würde, könnte ich kaum schlafen, und wenn doch, könnten meine Träume nur allzu leicht furchtbarer sein als alles schlaflose Grübeln, so zerschlagen ich auch war. Ich spürte, ich mußte Mr. Mycroft zurückhalten, ihn auf irgendeine Weise bei mir behalten. Mir kam die Idee, daß er vielleicht ein bißchen länger bliebe, wenn ich ihn darum bat, ein paar Punkte aufzuklären, die ich in den letzten Stunden nicht vollkommen verstanden hatte. Natürlich hatte ich seiner Hauptstrategie folgen können, aber bestimmte Details seiner Taktik waren mir entgangen. Ich war zu müde, um wirklich interessiert zu sein, aber ich erkannte, daß, wenn ich ihn um Erklärungen bat, sein Entzücken darüber, zeigen zu können, wie klug er war, ihn hinhalten würde und mir ein bißchen länger die Einsamkeit erspart bliebe, die ich jetzt fürchtete.

»Ich konnte einigen Einzelheiten Ihres Verhaltens im Garten nicht ganz folgen«, sagte ich mit so unbeteiligter Stimme wie möglich. »Natürlich begriff ich, worauf Sie abzielten, aber was sollte das ganze Spielchen mit dem Papier, dem Brief, der ja vermutlich unecht war?«

»Und doch«, sagte er mit einer Geduld, die mich normalerweise geärgert hätte, jetzt aber eine Erleichterung war, da sie mir noch etwas länger menschliche Gesellschaft garantierte, »und doch haben Sie jeden einzelnen Schritt meiner Vorbereitungen gesehen. Sie sahen, wie ich zur Tür ging und mit einem Blatt Briefpapier zurückkam, worauf ein offizieller Kopf gedruckt war – also offizielles Briefpapier –, und Sie hatten allen Grund, durch induktives Vorgehen zur Schlußfolgerung zu gelangen, daß ich dieses Briefpapier speziell für die Arbeit vorbereitet hatte, die wir erledigen mußten. Dann haben Sie mich dabei beobachtet, wie ich ein ähnliches Blatt herausnahm, auf dem aber etwas geschrieben stand, und Sie sahen, wie ich dann etwas abschrieb, nachdem ich das erste Blatt umgedreht hingelegt hatte. Noch mal, was, was allein konnte eine solche Handlung aussagen?«

Er machte eine Pause, aber ich machte keinen Versuch, darüber nachzudenken – ich wollte einfach in seiner Gesellschaft bleiben.

»Ich habe Ihnen die vollständige Erklärung gegeben, als ich mit Mr. Heregrove sprach«, fuhr er fort, als er sah, daß ich nichts sagen würde. »Meine Handlungsweise konnte nur eines bedeuten. Ich habe Dr. Miles' Unterschrift von einem Brief kopiert, den ich von ihm hatte, und das natürlich verkehrt herum, wie alle Kopisten oder Fälscher von Unterschriften oder Handschriften. Nur so kann man sicher verhindern, daß Eigenheiten der eigenen Handschrift in den Buchstaben und Worten auftauchen, die man faksimiliert wiedergeben will. Ich ging nicht davon aus, daß Heregrove Miles' Unterschrift kennt. Aber man muß auf alles eingerichtet sein, denn er hätte sie schließlich mal gesehen haben können. Wenn das so gewesen wäre, hätte mein Faksimile seine Überzeugung, daß wir harmlos waren, bestärkt. Denn, wie ich schon sagte, diese Unterschrift ist ein bemerkenswertes Exponat – wenn auch nicht von der Kunst der schönen Schrift, so doch von nervöser Kraft und Imponiergehabe. Nur durch eine starke Lupe betrachtet, hätte sie seinen Verdacht wecken können, denn dann wären eine ganze Menge von regelmäßig auftretenden Hüpfern in den Linien sichtbar geworden statt des einen oder anderen kleinen Schlenkers, die bei den etwa zwölf Zügen in Abständen immer mal wieder auftreten. Aufgrund dieser Tatsache sind Fälscher oft entlarvt worden. Die Hüpfer zeigen den Herzschlag an. Wenn Sie eine halbe Minute brauchen, um eine Unterschrift zu kopieren, aber bloß wenige Sekunden, wenn es Ihre eigene ist, müssen in der Kopie diese verräterischen Zeichen sehr viel häufiger auftreten, die zeigen, wie lange Sie zum Schreiben gebraucht und wieviel Arbeit Sie darauf verwendet haben. Aber ich habe den Brief vorsichtshalber wieder mitgenommen – Sie haben gehört, wie ich ihn tippte, nachdem ich ihn unterzeichnet hatte. Ich werde ihn verbrennen, sobald ich zu Hause bin. Ich muß wirklich los. Ich habe heute abend noch einige Kleinigkeiten zu erledigen.«

Ich merkte, ich mußte einen direkten Versuch unternehmen, ihn aufzuhalten; lediglich Fragen zu stellen, konnte mein Alleinsein nicht länger hinauszögern.

»Ich frage mich«, sagte ich zögernd, »ich frage mich, ob Sie, Mr. Mycroft, wohl so freundlich wären, heute nacht bei mir zu bleiben.«

»Ich fürchte, das wäre nicht klug«, antwortete er freundlich. »Wie ich schon sagte, ich muß zu Hause ein paar Sachen in Ordnung bringen, die auf mich warten, wie Sie sich erinnern werden.«

Ich verstand. Es ging nicht nur um den Brief. Das Fläschchen war nach wie vor in seiner Tasche, und Mr. Mycroft, der so sehr an das Schicksal glaubte, überließ nichts dem ›Zufall‹. Er zögerte.

»Ich würde Sie ja zu mir herüberbitten, aber wie gesagt, je weniger man uns – zumindest im Moment – zusammen sieht, um so besser. In einem Dorf kann ein Einsiedler nicht einfach seine Lebensweise ändern und Freundschaften schließen, ohne daß die Leute anfangen zu fragen ›warum‹? Vielleicht sogar, wessen Feindschaft ihn wohl dazu getrieben hat, Verbündete zu suchen! Schließlich kann man machen, was man will – unsere Nachbarn bilden sich immer eine Meinung über uns, und wenn wir auch lange Zeit nicht einsehen können, warum uns das interessieren sollte, können wir zumindest sicher sein, daß die Geschichten, die sie über uns erzählen, ihnen besser gefallen werden als uns.«

»Also gut«, sagte ich und wurde plötzlich müde und aggressiv. »Also gut. Ich bin der Exponiertere von uns beiden; näher an dem Gefahrenherd, der Nächste auf der Liste. Lassen Sie mich das ruhig allein ausbaden.«

Meine ganze Beherrschung war dahin – ich weiß nicht, wie es kam, aber als ich sprach, schienen genau diese Worte die letzten Deiche von Selbstsicherheit und

Beherrschung zu sprengen. Mr. Mycrofts Gesicht war in der Spätsommerdämmerung kaum zu erkennen. Deshalb war sein Gesichtsausdruck auch schwer einzuschätzen.

»Sie haben eine schwere Prüfung durchgemacht, und jetzt kommt die Reaktion darauf«, sagte er ruhig. »Es wäre klug von Ihnen, Ihren Zustand nicht zu ignorieren. Es war nicht Ihr normales ›Ich‹, das Sie heute durchhalten ließ. Unsere Leben wären verloren gewesen, wäre ich das Risiko eingegangen, darauf zu spekulieren, daß Sie über ausreichend Kraft verfügen, um sich zuverlässig zu benehmen. Ich beobachtete und studierte Ihre Reaktion auf Benzedrinhydrat. Wie viele Menschen Ihres Typs sind Sie für bestimmte Drogen extrem empfänglich. Darum verlieh ich Ihnen zeitweise jene batavische Tapferkeit, über die Sie nicht von Natur aus verfügen. Jetzt müssen Sie dafür mit dieser Reaktion bezahlen. Wohl kein übertriebenes Honorar, wenn Sie berücksichtigen, daß es das einzige ist, das für die Rettung Ihres Lebens berechnet wird.«

Es machte mich rasend, wie dieser alte Mann mit mir gespielt hatte. Er hatte so getan, als ob er mich ebenbürtig behandeln würde, während er mich die ganze Zeit bloß wie ein Rennpferd gedopt und mich zu Handlungen gezwungen hatte, durch die ich – das erkannte ich sehr schnell – eine *mögliche* Gefahr, die ohnehin schon geringer wurde (schließlich, wer weiß, da der erste Anschlag fehlgegangen war, hätte Heregrove vielleicht nie wieder auf mich angelegt), gegen eine viel ernstere eingetauscht hatte, die mich gut und gern mein ganzes Leben lang verfolgen konnte. Und dann diese vollkommene Mißachtung meiner Gefühle, als er mit mir auf diese überhebliche Art sprach und mir gleichzeitig zugestand, daß ich übermüdet sei. Nicht der leiseste Versuch, es mir leichter zu machen. Statt dessen ein Vortrag, den ein alter, ärgerlicher Lehrer einem Kind halten könnte, bevor er es mit einem Rohrstock verhaut.

»Gute Nacht, Mr. Mycroft«, sagte ich scharf. Ich ließ ihn stehen, knallte die Gartenpforte zu, eilte ins Haus, ging direkt nach oben und war sicher in meinem Schlafzimmer, bevor sich die Energie abgenutzt hatte, die mir mein Ausbruch und die Erleichterung, grob gewesen zu sein, verschafft hatte, und ich mich noch schlechter fühlte.

Mir fiel ein, daß ich noch nicht zu Abend gegessen hatte, und jetzt war gerade die richtige Zeit dafür. Aber ich konnte mich nicht einmal dazu überwinden, in die Speisekammer zu gehen. Ich spürte, ich würde dann Heregroves Gesicht sehen, wie er mich durch die vergitterten Fenster beäugte. Ich nahm ein heißes Bad, aber wegen des Rauschens beim Wassereinlassen fürchtete ich, ich würde Schritte auf der Treppe nicht hören. Endlich lag ich im Bett; aber wenn ich je eine schlimmere Nacht erlebt haben sollte, kann ich mich zumindest nicht daran erinnern.

Endlich, als der Morgen anbrach, schlief ich ein, wie das so oft geschieht. Deshalb erwachte ich spät, erschöpft und verärgert über den Lärm, den Alice unten machte. Sie könnte wirklich – so überlegte ich – begreifen, daß ich an diesem Morgen aller Morgen in Frieden gelassen werden mußte, um es wegzuschlafen, wie sie es ausdrücken würde. Und dann wurde mir klar, daß sie nichts wissen konnte, niemals etwas wissen, ja niemals auch nur den Anflug eines Verdachtes haben durfte. Ich mußte immer heiter, fröhlich und früh auf den Beinen sein, aus Furcht, sie und durch sie auch andere könnten anfangen, Bemerkungen darüber zu machen, wie verändert ich war, wie niedergeschlagen: ›Sieht aus, als täte er nie ein Auge zu.‹ ›Und das seit der Zeit, wo er immer mit diesem komischen Mr. Mycroft zusammen war.‹ ›Na, gleich und gleich gesellt sich gern . . .‹ ›Und wissen Sie, das war genau zu der Zeit, als er sich wegen ein paar Bienen in eine richtige Hysterie hineingesteigert hat!‹

Ich schwang mich aus dem Bett und trat mit Wucht auf den Fußboden. So würde Alice wissen, daß ich auf den Beinen und voller Energie war. Ich planschte im Bad herum: das würde ebenfalls Vitalität demonstrieren und ihr zudem viel zum Wischen und Polieren geben – Mangel an Arbeit erzeugt Klatschbasen. Unten legte ich dann einen recht guten Auftritt hin als aktiver, ausgeruhter Mann, der bereit ist, seinen Interessen und seinen eigenen Angelegenheiten nachzugehen, und der fähig ist, anderen zu sagen, sie sollten sich um ihre kümmern.

Aber Alice war offensichtlich nicht beeindruckt. Tatsache war, sie schien mein sorgfältig einstudiertes Gebaren und meine gründlich vorbereiteten Posen gar nicht zu registrieren. Sie war von etwas anderem völlig in Anspruch genommen, und leider wußte ich, was es war, bevor sie loslegte: »Der arme« – ich muß bekennen, das ›gute‹ wurde ausgelassen, aber das ›arme‹ sagte mir – wie ein Schlüsselwort – alles. Ja, der Milchmann, sie hatte ihn selbst gesehen, als sie vorbeikam, und er war's gewesen, der Heregrove gefunden hatte. Schon ganz steif, auf der Mitte des Gartenwegs. Er hatte gerufen: ›Milch is' da!‹, und Mr. Heregrove (die Katastrophe hatte ihm, bemerkte ich unwillkürlich, ein ›Mister‹ verliehen), der immer früh auf war, hatte nicht geantwortet. Also hatte Alf einen Blick auf den Weg geworfen. Traute seinen Augen kaum; weil, er war so schwarz wie die Erde, auf der er lag.

»Alice, würden Sie jetzt bitte mein Schlafzimmer richten?« sagte ich. »Ich habe mich vielleicht erkältet, und wahrscheinlich gehe ich nach dem Frühstück wieder ins Bett.«

Sie verließ den Raum mit jenen steifen, eiligen Bewegungen, die eine tiefe Kränkung anzeigen. Ich hatte sie unterbrochen, als sie gerade erstklassige Neuigkeiten verbreiten wollte. Sie, die Überbringerin von böser Kunde, welche beinah aus erster Hand stammte, war zum Schweigen gebracht worden. Nun, zumindest ahnte sie nicht, wie grauenvoll vorbereitet ich auf diese Nachricht gewesen war. Nach dem Frühstück ging ich tatsächlich wieder ins Bett. Ich wollte liegen und ungestört darüber nachdenken. Es war klar, Heregrove war tot; ich war in Sicherheit. Aber je klarer mir wurde, daß er nicht mehr da war, um so dürftiger schien das Risiko, das ich eingegangen war, als er noch lebte, und um so düsterer erschien mir die mögliche Gefahr, die ich nun wachsen und auf mir lasten sehen mußte. Vielleicht würde sie nie verschwinden; bestimmt stand es nicht in der Macht eines zurückgezogen lebenden, gutmütigen, aber eigentlich lästigen Gentlemans, mich davon zu erlösen.

Gegen Mittag klingelte es an der Tür. Alice klopfte und kam mit einem Ausdruck stummen Triumphes herein, der meine unguten Gefühle sofort verstärkte.

»Bitte Sir, Bob Withers, der Polizist, würde Se gern mal einen Moment sprechen.«

Ich ging nach unten, und mit jedem Schritt rutschte mir das Herz tiefer in die Hose. Ein Dorfschutzmann ist nicht gerade ein ehrfurchteinflößender Beamter. Dieser hier war so nervös wie ich, und das wollte schon etwas heißen. Er hatte seinen Helm abgenommen und wechselte ihn von einer Hand in die andere, als ob er glühendheiß wäre. Bob jedenfalls war es. Nachdem wir eine Begrüßung gemurmelt hatten, überbrachte er seine

Botschaft. Es ginge um diesen Mr. Heregrove. Vielleicht hätt' ich's gehört, vielleicht auch nicht, aber es ginge um die Leiche und daß (jetzt kam's) ich zuletzt mit ihm zusammengesehen worden sei, und man frage sich, ob ich wohl dabei helfen könnte zu klären, wie er zu Tode gekommen wär'.

Es war grotesk, daß sie zu mir kamen, wo doch Mr. Mycroft in Wahrheit den Besuch geplant hatte und ... aber nicht einmal im Geiste durfte ich diesen Satz beenden! Wie dem auch sei, ich konnte das einfach nicht allein durchstehen. Vor ganz kurzer Zeit noch hatte ich während dieser abscheulichen Affäre vorausgesehen, wie ich lebenslänglich ins Irrenhaus getrieben wurde; jetzt erschien mir selbst ein solches Ende als Rettung, als Refugium, wenn ich an den anderen Ort dachte, wohin mich vermutlich ein einziger Versprecher, ein einziger laut ausgesprochener Gedanke bringen würde – im besten Fall konnte ich eine Verurteilung zu ›Lebenslänglich‹ erhoffen!

Meine Gedanken überschlugen sich zwar fast, aber ich glaube, meine Zunge war noch schneller, denn ich hörte mich sagen: »Mr. Mycroft aus der Waller's Lane und ich haben Heregrove gestern abend tatsächlich besucht. Er hatte uns mit Honig versorgt. Wir haben ein paar Minuten mit ihm in seinem Garten verbracht. Da schien er noch ganz in Ordnung zu sein.«

»Oh, wenn Mr. Mycroft bei Ihnen war, Sir, vielleicht könnten Sie mich eben begleiten, während ich auch seine Aussage aufnehme.«

Ich erkannte, daß das unter den gegebenen – schlechten – Umständen noch das Beste war und stimmte zu. So wenig ich den alten Mann auch sehen wollte, so war jetzt doch der Zeitpunkt gekommen, an dem er uns aus unseren gemeinsamen Schwierigkeiten herausholen mußte. Es waren wirklich mehr seine als meine, und alles, was sein raffiniertes Gehirn plante, um sich selbst zu schützen und seine Spuren zu verbergen, würde auch mich decken.

Wir trafen ihn auf dem Rasen an, als wir sein Haus erreichten. Ich hatte das Gefühl, er habe uns erwartet; jedenfalls zeigte er keine Überraschung und nickte schweigend, als Bob Withers ihm berichtete, daß Heregrove tot aufgefunden worden sei. Wir wußten nicht, ob er's schon gehört hatte oder nicht, und als er um seine Aussage gebeten wurde, sagte er bloß, er habe den Verstorbenen am vorangegangenen Abend gesehen und ihn für gesund gehalten.

Dann fügte er hinzu: »Ich weiß, Konstabler, Sie hätten es gern, wenn wir mit Ihnen zu dem Friedensrichter kämen, dem dieser Fall vorgetragen wurde. Ist es Colonel Treaves? Ja, das hielt ich für wahrscheinlich. Er ist eigentlich immer zur Stelle. Ich habe jetzt Zeit.«

Er nahm seinen Hut von einem Stuhl in seiner Nähe und ging, ohne ein Wort mit mir zu wechseln, neben Withers her, während ich mich auf der anderen Seite des Konstablers hielt.

Nach zehn Minuten langten wir beim Haus des Richters an und wurden sofort in sein Arbeitszimmer geführt. Er war ein hagerer, athletischer Mann, den ich auf etwa Sechzig schätzte, als er sich von seinem Stuhl erhob, Mr. Mycroft die Hand entgegenstreckte (mir nickte er nur zu) und sagte: »Sehr freundlich von Ihnen, so prompt vorbeizukommen, Sir. Ist immer besser, sich von Angesicht zu Angesicht zu unterhalten, als Aussagen einzuholen. Hätte Sie aber nicht bemühen wollen, wenn Sie im Moment beschäftigt gewesen wären. Ich wurde informiert, daß Mr. Silchester und jemand, der ihn begleitete – und das waren doch wohl Sie, Mr.

Mycroft, wenn ich mich nicht irre – diesen Heregrove zuletzt lebend gesehen haben?«

»Ja«, erwiderte Mr. Mycroft, »wir besuchten ihn, denn er hatte uns beide, Mr. Silchester und mich, mit Honig versorgt.«

»Nun, Sie wissen es wahrscheinlich«, sagte Colonel Treaves, »seine Bienen haben ihn gekriegt – wie Aktäon und seine Hunde, der war das doch, oder?«

»Wollen Sie damit sagen, daß er von seinen eigenen Bienenvölkern angegriffen wurde?« fragte Mr. Mycroft mit überzeugend klingendem Interesse.

»Nun, ich glaube, da gibt's nicht mal den Schatten eines Zweifels. Es könnte sein, daß Sie es nicht wissen – glaube, das war, bevor Sie ins Dorf zogen –, aber seine arme Frau starb auf die gleiche Weise, und der Coroner ordnete damals an, daß er seine Bienen vernichten lassen müsse. Er sagte auch zu, dafür zu sorgen. Entweder hat er den Anordnungen des Gerichts nicht gehorcht, oder die Heregroves hatten irgendwas an sich, das Bienen nicht leiden können. Ich selber mochte ja keinen von beiden! Na, *nisi bonum.* Er ist zweifellos zu Tode gestochen worden; die Leiche ist so geschwollen und schwarz wie eine reife Maulbeere.«

Bei diesen Worten wurde mir ganz elend.

»Ich würde die Gentlemen bloß gern fragen«, fuhr er fort, »ob es ihm gutzugehen schien und er einen normalen Eindruck machte, als Sie ihn aufsuchten?«

»Oh ja«, erwiderte Mr. Mycroft. »Ich fand, er war ein eigenartiger Kunde, und offensichtlich hatte er was von einem Einsiedler, aber er war bestimmt gesund und bei Verstand, als wir ihn sahen, nicht wahr, Mr. Silchester?«

»Oh, durchaus, durchaus«, war alles, was ich sagen konnte, und offenbar auch alles, was man von mir erwartete.

»Wir haben mit ihm ein, zwei Runden im Garten gedreht«, fuhr Mr. Mycroft fort. »Man konnte unmöglich beurteilen, welches Verhältnis zwischen ihm und seinen Bienen bestand, denn sie hatten sich schon zur Nachtruhe begeben. Vielleicht war's riskanter, als man ahnen konnte, einen Mann zu besuchen, der sich in einer solchen Gefahr befand.«

»Möglich, möglich«, antwortete der Colonel. »Man weiß nie. Bienen sind schon merkwürdige Viecher. In Indien hab' ich gehört, daß fünfzig Leute eine Gasse runtergingen. Plötzlich fällt was vom Himmel, das aussieht wie eine Staubwolke. Es ist ein Schwarm kleiner, wilder Waldbienen. Der Schwarm stürzt sich auf irgendeinen armen Kerl und läßt alle anderen neunundvierzig unbehelligt. Wenn kein Teich in der Nähe ist, in den man ihn werfen kann, kann er nach wenigen Minuten tot und so geschwollen sein wie Heregroves Leiche. Manche Leute sagen, es liegt am Geruch, aber ich glaube nicht, daß irgend jemand es wirklich weiß. In Indien sagen wir Bismillah – der Wille Allahs, und das ist am Ende eh das Maß aller Dinge.«

Kapitel 10

In der alten Stellung?

Und das war zu meiner Überraschung das Ende dieser unglaublichen Mischung aus Abenteuer und Verfolgung, aus grundlosem Angriff und unentdecktem Gegenangriff, aus wissenschaftlicher Planung und Wildwestrecht. So plötzlich, wie dieser Taifun über die ruhigen Pfade meines Lebens gefegt war, so plötzlich legte er sich auch wieder. Ich lebe jetzt in einer Stille, die ich nur als verdächtig bezeichnen kann. Wir wohnten mehr wie Ehrengäste als wie geladene Zeugen der Leichenschau bei. Der Leichenbeschauer bezog denselben Standpunkt wie der Richter, wobei noch die grollende Haltung hinzukam: ›Recht geschieht's ihm, wenn er meinen Weisungen nicht gehorcht.‹ Er ordnete außerdem die Vernichtung von Heregroves Völkern an, was ihm die persönliche, wenn auch wenig sinnvolle Freude bereitete, Autorität auszuüben, was jedoch zu meinem hellen, wenn auch verborgenen Entzücken geschah.

Als wir das Gericht verließen, trabte Mr. Mycroft, der sich bis dahin jedes Wortes an mich enthalten hatte, neben mir her, bis die kleine Gruppe sich zerstreut hatte. Dann sagte er ruhig: »Unangenehme Assoziationen sind nicht die beste Grundlage für eine Bekanntschaft, aber ein gemeinsames Abenteuer kann das manchmal sein. Mir ist klar, daß Sie während dieser Tage viele schockierende Ereignisse erlebt haben und daß ich Sie ein-, zweimal stärker bedrängen mußte, als

Sie es akzeptabel fanden, um nicht in dem kaudinischen Joch gefangen zu werden; das Ergebnis wäre katastrophal gewesen. Ich glaube, Sie werden jetzt begreifen, daß die Schwierigkeiten hinter uns liegen und die Verfolger versprengt sind.«

Er schien selbstzufrieden und sicher zu sein. Vielleicht war es der Wunsch, einen angemessenen Vorwand zu finden, um ihm seine Selbstgefälligkeit und seine Gelassenheit übelnehmen zu können – denn beides konnte ich nicht nachempfinden –, der mich antworten ließ: »Aber wo stehen wir denn nun tatsächlich? Schließlich, wir werden niemals sicher sein können, ob die Gefahr wirklich so ernst war, wie wir dachten.«

Er sah aus, als wollte er mich unterbrechen, aber ich war entschlossen auszureden. Ich war nicht nur während der ganzen Affäre wie ein Kind behandelt worden, von dem man ein klares Urteil über Angelegenheiten, die mich mehr als jeden anderen betrafen, nicht erwarten konnte, ich wurde auch tief gekränkt, als sich bei unserem Besuch bei Colonel Treaves beide Männer wieder so benommen hatten, als sei ich ein Kind. Jetzt würde ich meine Rechte behaupten, und er sollte meine reiflich durchdachte Meinung zu hören bekommen.

»Wir können nur in einer einzigen Hinsicht sicher sein«, fuhr ich fort, »nämlich, daß wir den Mann, den wir für unseren Verfolger hielten, abgeschüttelt haben, indem wir ihn in den Tod trieben. Vielleicht hatte er lediglich die Absicht, uns zu ängstigen. Wir haben ihn sicherlich umgebracht. Ich weiß, das ist ein häßliches Wort, aber besser, es ist heraus, und ich habe mein Gewissen erleichtert.«

Mr. Mycroft erlaubte sich einen kurzen Seufzer.

»Kein Gesetz in irgendeinem Lande«, sagte er langsam, »und ich verstehe etwas von den Regeln, die die

Menschen in dem Bemühen gemacht haben, die Unschuldigen und Hilflosen vor den rücksichtslosen, starken Leuten zu schützen – kein Gesetz hätte einem grausamen, berechnenden Mörder solche Chancen wie ich gegeben; und kein Gesetz hätte es gebilligt, daß jemand solche Risiken einging wie ich, um ihm jede Gelegenheit, ja sogar eine Bestechungssumme zu bieten, um ihn von seinem Weg abzubringen. Er hatte schon einmal gemordet, wie Sie sich erinnern werden, doch ich war trotzdem bereit, sein grauenvolles, geduldig geplantes Verbrechen als einen Fehltritt zu behandeln, statt den Weg einzuschlagen, den die menschliche Gerechtigkeit vorschreibt – ich war bereit, seine Tat als etwas Vergangenes zu behandeln, als etwas, das nie geschehen war und nicht als – oh, die Menschheit hat das Recht, so zu urteilen – die Frucht, und nur die erste Frucht einer langgenährten und jetzt reichtragenden Wurzel des Bösen.

Die Römer mit ihrem Rechtsverstand hatten recht. Ich zitierte die lateinische Einschätzung an jenem Tag, als wir über die Evolution von Gift bei Tieren diskutierten. Das trifft mit Sicherheit auch auf uns zu: *Nemo repente fuit turpissimus* – der Mörder reift langsamer als der Heilige; beide sind keine Zufälle, sondern Abschluß eines langen Weges. Heregrove konnte seinen Pfad an dem Punkt, wo er unsere Wege kreuzte, nicht mehr verlassen. Selbst wenn man die Vergangenheit hätte auslöschen können und die Gegenwart ihm einen Preis dafür anbot, davon Abstand zu nehmen und Blutvergießen nicht länger in ein Geschäft zu verwandeln. Er brauchte jemanden, der ihm seine Verbrechen nachwies, und das konnten wir nicht. Wir konnten ihm nur anbieten, ihn von seinem Plan abzubringen. In anderen Bereichen hätte er den gleichen Weg verfolgt.«

An diesem Punkt unterbrach ich ihn. »Aber Ihr Angebot war unecht!« rief ich aus.

Das war das einzige Mal, daß ich Mr. Mycroft beinah böse werden sah. Sein Gesicht wechselte nicht die Farbe, und auch der Gesichtsausdruck veränderte sich nicht, aber ich entdeckte eine leichte Änderung in seinem Blick, die mir wirklich Angst einjagte, wie ich zugeben muß. Irgendwie hatte ich ihn nie für jemanden gehalten, der furchteinflößend sein könnte. Hilfsbereit, amüsant, irritierend, bevormundend, langweilig – ja, all das, aber nie bedrohlich. Doch dieser Funke – ich kann das nicht als Aufblitzen bezeichnen – war zweifellos sehr beunruhigend. Es schien weniger so, als würde man einen Mann ansehen, den ich zu provozieren versuchte und der zurückschlagen konnte, wie ich plötzlich begriff, sondern eher, als würde ich plötzlich durch ein Schlüsselloch, durch die Augenlöcher einer Maske auf etwas so Kaltes, Unpersönliches und Gleichgültiges blicken wie einen Eisberg, der aus dem Nebel auftauchte und den ich dabei beobachtete, wie er mein Schiff niederdrückte.

»Ich meine, der Brief war eine Fälschung.« Ich stotterte ziemlich. »In Wahrheit gab es doch gar kein Angebot, das Heregrove hätte annehmen können?«

»Sie glauben also, ich hätte diesen erbärmlichen Mann nicht wirklich angefleht, der sich im Netz seiner eigenen bösen Gedanken gefangen hatte, die er so lange gesponnen hatte, bis sie in die Tat umgesetzt wurden? Ich hätte keinen Weg gesucht, um es ihm zu ermöglichen, irgendwie aus seiner selbstgebauten Falle ausbrechen zu können? Ich hätte ihn einfach nur verspottet, ich hätte vorgegeben, ihm eine helfende Hand zu reichen und ihm den Weg aus der fatalen Situation, in der er gefangen war, zu weisen, ich hätte ihn vor die Alternative gestellt: ›Morde oder hungere‹? Ich hätte geschauspielert, um uns zu amüsieren durch eine Demonstration meiner Geschicklichkeit, mit der ich ein anderes Lebewesen täuschte und in die Falle lockte – selbst wenn er unser und der Menschheit Feind war?«

»Na«, protestierte ich, wobei mein Herz – wie ich gestehen muß – ganz unangenehm schlug, denn er drängte mich in die Defensive, wo ich doch sicher gewesen war, etwas gegen ihn in der Hand zu haben, »na, er hätte eine Gelegenheit nicht ergreifen können, die in Wirklichkeit völlig frei erfunden war.«

»Das Angebot«, erwiderte Mr. Mycroft ernst, »mußte – wie alle Angebote im Leben – in einer Form vorgetragen werden, die er glauben konnte, und so beschaffen sein, daß er, wenn er den Wunsch hatte, dem Tode und nicht dem Leben zu dienen, ablehnen konnte. Halten Sie es für wahrscheinlich, daß er eher in der Lage und Stimmung gewesen wäre zu akzeptieren, wenn ich gesagt hätte: ›Selbstverständlich sind Sie ein Mörder, den das Gesetz nicht verurteilen, den es nicht einmal als solchen erkennen kann. Sie planen gerade jetzt, uns zu ermorden, und Gott weiß, wie viele andere. Wenn Sie davon Abstand nehmen, werde ich Ihnen drei- oder vierhundert Pfund zahlen und Sie damit aus Ihren finanziellen Schwierigkeiten befreien‹?«

Mr. Mycroft wartete einen Moment, aber ich war hartnäckig. Er rückte seine fürchterliche und sehr gefährliche Tat wahrhaftig in ein sehr rosiges Licht.

»Dennoch«, erwiderte ich, »es tut mir leid, wenn ich stur erscheine und pedantisch bin. Tatsache bleibt nach all dem Gesagten, daß man ihm die Alternative gar nicht eröffnen konnte, zu der Sie ihn verbal drängten.«

»Es tut mir leid«, antwortete Mr. Mycroft – ich schrak zusammen, als in seiner Stimme etwas von dem Tonfall mitschwang, den ich gehört hatte, als Heregrove das

Angebot ablehnte, über das wir jetzt diskutierten, und Mr. Mycroft benutzte dieselben Worte wie einen eigenartig unheilvollen Schuldspruch. »Es tut mir leid, Mr. Silchester, daß Sie trotzdem zu dem Gedanken fähig sind, ich würde einen Menschen in Todesgefahr anlügen, ihm einen unechten Ausweg anbieten, nachdem wir so oft zusammen waren. Wie ich schon sagte, ich konnte ihm nicht sagen, woher die Mittel tatsächlich kommen würden, für die ich zu seiner Rettung gebürgt hatte. Er hätte bloß zu akzeptieren brauchen und – sei's auch nur für einen Moment – von seinem Weg abgehen sollen. Wir waren seine Beute. Selbst wenn er der Tatsache hätte ins Auge sehen können, daß wir wußten, daß er ein Mörder war – er hätte nicht an unsere *bona fides* glauben können. Der Mensch schließt immer von sich auf andere. Die Tatsache, daß wir im Besitz eines solchen Wissens waren, konnte er nur seiner Natur gemäß auslegen: Wir würden mit ihm für den Rest seines Lebens das machen, was er mit einem anderen tun würde, der *ihm* in die Hände fiele – ihn erpressen. Nimmt man hinzu, daß wir mit einem Geldangebot zu ihm kommen und nicht sofort etwas aus ihm herauspressen, so kann er nur noch gewisser sein, daß es sich um eine doppelt raffinierte Falle handelt, neben der Erpressung geradezu ein sauberes Geschäft ist. Nein, die Verstellung der Form war unbedingt notwendig für *seine* eine Chance, sich in Sicherheit zu bringen, sogar noch wichtiger als für uns. Aber der Kern, das bindende Angebot, war echt.

Weil ich gelernt habe, daß die Äußerung von Gefühlen eine reine Sentimentalität ist, Mr. Silchester, muß ich Sie bitten zu glauben, daß das gewiß nicht heißen soll, ich hätte keine Gefühle, und noch weniger soll es bedeuten, ich wäre bewußt verantwortungslos. Ich war entschlossen, wenn ich konnte, diesen Mörder durch jedes nur mögliche Mittel zu retten und ihn vor dem Geschick zu bewahren, das er selbst auf sich herabbeschwor. In diesem Punkt war ich ebenso fest entschlossen wie darin, *Ihr* Leben um den Preis zu retten, Sie mehr als einmal zum Handeln zu nötigen, wo Sie es vorgezogen hätten, alles auf die lange Bank zu schieben und Zeit zu vergeuden.

Mein Angebot an Heregrove war echt. Ich hatte dafür gesorgt, daß er seine Beihilfe bekäme, sollte er zu der Adresse gehen, die ich ihm genannt hätte. Ich hätte zugesehen, daß er sie für die des eingetragenen Büros und des Rechtsberaters der Gesellschaft gehalten hätte. Er wäre von einem mir befreundeten und langvertrauten Anwalt empfangen worden, hätte zweihundert Pfund und Geld für seine Fahrkarte erhalten. Alle weiteren Auslagen wären bezahlt worden, zu welchem Ort auch immer er hätte gehen wollen, und er hätte die feste Zusage über weitere zweihundert Pfund gehabt, die er nach der Ankunft an seinem Ziel erhalten hätte. Mein Freund sollte hinreichend (aber nicht zu umfassend) in den Fall eingeweiht werden, indem ihm mitgeteilt werden sollte, Heregrove sei ein Erpresser, den man nur schwer unter Anklage stellen könne und der die Gelegenheit bekommen solle, sich aus dem Staub zu machen. Mein Freund ist auf diese erfolgreiche Weise über seinen friedvollen, von Schriftstücken bedeckten Schreibtisch hinweg schon mit mehr als einem solcher gefährlichen Männer fertig geworden – wie viele Anwälte im Verlauf ihrer Praxis. Was die große Zange des Gesetzes nicht aufsammeln kann und unter unseren Füßen lauernd liegen lassen muß, kann oft die ruhige Hand eines Anwalts zu fassen bekommen und aus dem Fenster fallen lassen. Mein Plan hätte funktioniert, wäre Heregrove auf mein Angebot eingegangen, denn genauso habe ich schon verschiedenen Kriminellen schonend beigebracht – wenn ich diesen Ausdruck benutzen darf –, daß ich von ihrem Vorleben wußte und ihnen noch eine Chance geben würde; eine ganze Reihe von ihnen hat sie genutzt. Aber Heregrove gehörte nicht dazu. Ich wiederhole meine Frage und muß Sie um eine Antwort bitten: ›Hat er sich nicht selbst verdammt?‹«

Ich mußte einräumen, er hatte recht, er war gerecht und hochherzig, aber dennoch konnte ich nichts sagen. Dieser jüngste Beweis von solch mutiger, wohldurchdachter Tüchtigkeit hätte eigentlich meine letzten schüchternen Erwägungen hinwegfegen müssen; er hätte mich dazu bringen müssen, mich so anständig wie möglich zu entschuldigen, gedrängt durch ein nicht weniger großmütiges Vertrauen. So unangenehm es auch für mich war, ich konnte die Einsicht nicht länger verdrängen – tatsächlich hatte ich ihn gezwungen, es mir zu beweisen –, daß er ein Wunder war, ein Mann, der seiner Zeit an Fähigkeit und Gerechtigkeitsgefühl voraus war. Sein Versuch, einen Mörder zu retten, war nicht weniger bewundernswert, geduldig und wagemutig als sein Erfolg, das auserkorene Mordopfer zu retten.

Doch irgendwie war es gerade dieser übermenschliche Zug an ihm, der mich aus der Fassung brachte, mich einschüchterte. Ich will nicht mit geistigen oder moralischen Genies zusammenleben. Sie könnten ständig erwarten, daß man sich heldenhaft benimmt, und er hatte mich wirklich in eine Position manövriert, die von einem Augenblick zum anderen sehr leicht gefährlich werden konnte.

»Ich weiß es nicht«, sagte ich, »ich weiß es wirklich nicht. Ich werde niemals sicher sein. Recht oder Unrecht, diese Sache, so wie sie sich wirklich zugetragen hat oder dazu gebracht wurde, so zu geschehen, wird mich immer verfolgen. Jederzeit kann es herauskommen, und wie stehen wir dann da, trotz aller edlen Motive, die – was ich nicht bezweifle – das Handeln bestimmten; wie wird meine Position dann sein?«

Wieder sah er mich an, als ob er dabei wäre, einen Entschluß darüber zu fassen, ob er mir noch mehr sagen oder es dabei belassen sollte. Da ich nicht glaubte, es gäbe irgendeine Antwort auf meine Frage, und mich daher in der ganzen Angelegenheit ziemlich verloren fühlte, war es mir wirklich egal, ob er weiter versuchte, mich zu trösten, oder mich allein ließ. Augenscheinlich hatte er schließlich entschieden, daß er doch etwas für mich tun konnte.

»Ich denke, ich kann Sie beruhigen, was Ihre Position angeht, wenn ich Ihnen noch eines sage. Auch das ist ein Geheimnis. ›Mycroft‹ ist nur einer von meinen Familiennamen.«

Unwillkürlich fragte ich mich, als ich diese Eröffnung hörte, welche neue Grille der Eitelkeit ich nun kennenlernen sollte. Daß er plötzlich die Betonung so auf sich selbst legte, zeigte, wie sein Geltungsbedürfnis selbst dann noch zum Vorschein kommen mußte, wenn es eigentlich um meine Sicherheit ging. Was interessierten mich seine Familiennamen? Wie sollten sie mich gar schützen? Wir lebten nicht im Mittelalter, und er war kein großer Baron.

»Ich habe den Namen ›Mycroft‹ benutzt«, sagte er selbstgefällig, »weil mein vollständiger Name einst ziemlich weit bekannt war, und ich wollte in Frieden gelassen werden, unbehelligt bleiben, als ich mich zur Ruhe setzte. Ihnen ist geholfen worden, und – wenn ich das hinzufügen darf – wenn Sie es wünschen, stehen Sie weiterhin unter meinem Schutz« (der Mann schien sich völlig sicher zu sein, daß ich dies wünschte), »Ihr Fall hat nach wie vor zu seiner Verteidigung ...«

Sehen Sie! Ich habe den Namen vergessen, den er sich selbst gegeben hatte. Er war Mycroft nicht unähnlich – Mycroft und dann noch ein Wort, ein kurzes, glaube ich. Aber ich war schon zu verärgert, um mir noch eine weitere Anzahl Namen zu merken, besonders, wo ganz klar war, daß sie für mich wirklich keine Verteidigung sein konnten. Für mich war er ›Mycroft‹ gewesen; ich hatte sowohl seine Fähigkeiten als auch seine Grenzen gekannt. Ich konnte nicht einsehen, wie das eine größer oder das andere kleiner werden sollte, wenn ich ihn mit einem anderen Namen rief. Als ›Mycroft‹ hatte er sich mit mir durch diese aufregende Angelegenheit gekämpft. Vermutlich hatten er oder das Schicksal mich da herausgeholt, aber nur um den Preis, mich in einer dauerhaften Unsicherheit zurückzulassen. Ich konnte nicht finden, daß irgend etwas Magisches an dem einen oder dem anderen der beiden Namen war. Nach diesem jüngsten Beweis dafür, was er für eine adäquate Verteidigung hielt, überkam mich erneut der Gedanke – und diesmal mit absoluter Überzeugungskraft –, daß, wenn ich je sicher sein wollte, ich sicherer und bequemer leben würde, wenn ich allein bliebe.

»Danke, Mr. ...«; ich glaube, ich nannte ihn bei dem neuen Namen, den er offensichtlich so hoch einschätzte, der für mich aber keine Bedeutung hatte. »Danke. Ich bin Ihnen sehr verbunden, und Sie müssen verzeihen, was Ihnen als ungehobeltes Benehmen erscheinen mag. Aber ich denke, ich werde mich wieder in mein Schneckenhaus zurückziehen.«

Zu meiner Freude kann ich sagen, er trug meine Flucht mit Fassung. Wir trennten uns, ohne daß es eine Szene gegeben hätte, und dafür war ich dankbar.

»In Ordnung«, sagte er bloß.

Ich hatte dann das Bedürfnis, meine Handlungsweise irgendwie zu erklären, irgend etwas dazu zu sagen, warum ich nicht glaubte, daß eine Fortsetzung unseres Bündnisses meine Sicherheit irgendwie erhöhen konnte.

»Sie müssen wissen«, sagte ich, »jetzt, wo ich Ihren wirklichen Namen kenne, muß ich zugeben, ich habe nie zuvor von Ihnen gehört.«

Er sah verwundert aus – vielleicht war es das einzige Mal, wo ich ihn zutiefst erstaunt sah, und er wandte sich wortlos ab.

Einen Augenblick lang war ich ungeheuer erleichtert. Dieses Gefühl steigerte sich noch. Niemand würde mich mehr behelligen. Ich war wieder mein eigener Herr. Die Erleichterung hielt ein paar Tage an. Dann senkte sich auf mich ein anderer, dunklerer Schatten herab, der Schatten der Erkenntnis, daß ich mitschuldig an einem Mord war, wenn auch nur an einem Gegenmord. Aus diesem Gefühl heraus wurde ich dazu getrieben, all das hier zu schreiben. Immerhin, sollte es zum Äußersten kommen, Mr. Mycroft hat's getan, nicht ich.

Nachwort

Der egozentrische Sidney Silchester zieht aufs Land. Er hat nur ein Ziel: Ruhe. Außerdem kann er hier seiner großen Leidenschaft frönen, der Vorliebe für Honig – »A Taste For Honey«, so der amerikanische Originaltitel des vorliegenden Bandes. Das Ehepaar Heregrove, von dem er den Honig bezieht, lebt zurückgezogen, ist an gesellschaftlichem Kontakt nicht interessiert, und sein Honig schmeckt erstklassig. Alles verläuft also zu Silchesters vollster Zufriedenheit, bis eines Tages die Leiche von Mrs. Heregrove aufgefunden wird. Sie wurde von Bienen zu Tode gestochen. Auch diese Tatsache beschäftigt Silchester nur, weil er nun eine andere Honigquelle ausfindig machen muß. Er stößt auf den eigenartigen Mr. Mycroft, einen Bienenliebhaber, der durch allerlei unheilvolle Andeutungen klarzumachen versucht, daß Gefahr droht – Gefahr von ungewöhnlicher Seite: Bienen. Diese Bienen töten nicht willkürlich; sie sind die Werkzeuge eines verbrecherischen Forschers, und darum ist »Die Honigfalle« trotz einiger Elemente des Horrors nicht dem Horrorgenre zuzurechnen.

›Land‹ als Gegenpol zur ›Stadt‹ gilt seit Jahrhunderten als Synonym für Idylle schlechthin. Hier lebt es sich ruhig, die Gefahren der Großstadt sind unbekannt, auch wenn vielleicht die soziale Kontrolle ein wenig größer sein mag. Die literarische Gattung, die diese positive

Sicht zwangsläufig nicht nachvollzieht, ist der Kriminalroman – in ihm wird alles zu einem Unheilsraum, in dem es Verborgenes aufzudecken gilt. Stotternd, abschweifend zeichnet Sidney Silchester nach, wie ihm das Land mehr und mehr zur Hölle wurde, zur Hölle, zu der Mr. Mycroft – Dante gleich – den Einstieg fand und in die er den widerstrebenden Silchester erst hinein- und dann wieder herausführte. Rückblickend verfaßt der Erzähler einen Rechenschaftsbericht, in dem er sich selbst und dem Leser immer wieder versichert, nicht er trage die Verantwortung, sondern allein der geheimnisvolle Mr. Mycroft.

Nun, der eigentliche Täter ist schnell bekannt; zwei Drittel des Romans beschäftigen sich damit, ihn zur Strecke zu bringen, und dokumentieren so den recht drastischen Weg, den Mr. Mycroft zu seinem Ziel einschlägt. Deshalb ist dieser im Goldenen Zeitalter der Gattung geschriebene Roman kein ›klassischer Detektivroman‹. Dessen augenfälligste Kennzeichen – den Täter quasi auf den letzten Druckseiten zu entlarven und seine Motive und den Hergang der Ereignisse noch einmal zusammenfassend aufzurollen – wurden hier zugunsten einer dramatischen Zuspitzung aufgegeben. Aber auch wenn »Die Honigfalle« im klassischen Sinne kein Detektivroman ist, so handelt es sich doch um einen Roman über einen Detektiv – den geheimnisvollen Mr. Mycroft, dessen früheren Beruf der Erzähler immer wieder zu ergründen sucht. Die Geschichte dieser Figur ist denn auch das eigentliche Geheimnis des Romans, ein Geheimnis, das der Autor nicht ausdrücklich lüftet, für dessen Klärung er aber einige wichtige Anhaltspunkte über den Roman verteilt hat.

Da ist zunächst einmal die Tatsache, daß Mr. Mycroft sich vom Stadtleben zurückgezogen hat; dann interessiert er sich für Bienen; er verfügt über allerlei ungewöhnliche Kenntnisse einigermaßen entlegener Wissenschaften, und er hat eine sehr ungewöhnliche Technik, Hinweise aufzugreifen und von diesen auf Sachverhalte zu schließen. Schließlich – und das ist der entscheidende Hinweis, den Heard durch Silchester dem Leser gibt – ist Mycroft nicht sein richtiger Name. Wie er wirklich heißt, teilt er Silchester ganz zum Schluß mit. Dieser erfährt den Namen – und vergißt ihn bis zur Niederschrift des Manuskriptes wieder.

Als der 1937 nach Amerika ausgewanderte Sozialhistoriker – ein Freund von Aldous Huxley – Henry F. Heard (1889–1971) diesen Roman 1941 schrieb und damit nach wissenschaftlichen Schriften eine Reihe von drei Mycroft-Romanen eröffnete, war Sir Arthur Conan Doyle und mit ihm der Meisterdetektiv Sherlock Holmes gerade elf Jahre tot. Heard konnte Anfang der 40er Jahre viel eher davon ausgehen, daß das Publikum in der Lage war, Anspielungen auf Doyle zu verstehen, sie in sein Leseverhalten zu integrieren und ihnen einen besonderen Reiz abzugewinnen, als das in den 80er Jahren möglich ist. Jenem Publikum war mit großer Sicherheit bekannt, daß Holmes sich nach einem langen abenteuer- und erfolgreichen Berufsleben endlich in die Sussex Downs auf die kleine Farm seiner Träume zurückgezogen hatte, um sich dort dem Studium der Bienen zu widmen. Dieses Publikum wußte vielleicht auch, daß Sherlock Holmes sogar eine kleine Schrift über die Zucht von Bienen verfaßt hatte – seine vielfältigen und weitreichenden Kenntnisse waren ihm sicherlich geläufig. Und in jedem Falle kannte es die Methode des Meisterdetektivs, durch genaue Beobachtung und exaktes Schlußfolgern zu treffenden Feststellungen über sein Gegenüber zu gelangen. Die für Silchester so verblüffende Erfahrung zu Anfang seiner Bekanntschaft mit Mr. Mycroft wird dieses Publikum als die wohlbekannte Scharfsinnsprobe erkannt haben, mit der Sherlock Holmes Watson am Anfang vieler Erzählungen in Erstaunen versetzt, bevor die eigentliche Geschichte beginnt. Ebenso wird es in der Perspektive des recht eigenwilligen Sidney Silchester etwas von Dr. John Watson wiedergefunden haben, dem die Aktionen des kriminalistischen Genies ebenfalls nur zu oft ein Rätsel blieben. Vielleicht erkannte es sogar in der Anlage der Geschichte etwas von Conan Doyle wieder – so erinnern die höllischen Bienen durchaus an den Höllenhund von Baskerville. Den Lesern jener Zeit werden sicherlich die physiognomischen Ähnlichkeiten zwischen Mycroft und Holmes nicht entgangen sein – wie etwa die wachen scharfen Augen im asketischen Gesicht. Dem Publikum war der dozierende Ton Mycrofts wohl ebenso vertraut wie dessen für Silchester so irritierende übermenschliche Züge. Und zu guter Letzt – dem Publikum war gewiß der Name ›Mycroft‹ geläufig: Es konnte ihn vermutlich sofort in Verbindung mit Sherlock Holmes bringen, denn ›Mycroft‹ war der Vorname seines Bruders.

Der Grund für dieses Versteckspiel liegt auf der Hand: Aus urheberrechtlichen Gründen konnte H. F. Heard nicht wagen, für seine Figur den Namen Sherlock Holmes zu wählen.

Der große Detektiv aus der Baker Street war schnell zur Legende geworden. In Amerika etwa bildeten sich ›Holmes darf nicht sterben‹-Klubs. Der Holmes-Mythos zog sogar noch weitere Kreise – er beeinflußte das wirkliche Leben: So machte sich die französische Polizeitruppe die Holmesschen Methoden für ihre eigene Arbeit zunutze. Eine andere Gruppe begann, Holmes als lebende Legende, als der Fiktion entsprungene reale Figur aufzufassen und zum Gegenstand augenzwinkernder Forschung zu machen, deren Ergebnisse zum Beispiel in dem seit 1946 mit einer kurzen Unterbrechung erscheinenden »Baker Street Journal« veröffentlicht werden.

Die unglaubliche Resonanz, die der Meisterdetektiv fand, beeinflußte auch die Phantasie der Schriftsteller. Sherlock Holmes und seine Methode wurden traditionsbildend, eröffneten ein Spielfeld für Nachahmung und Parodie, für Ergänzungen und Ausschmückungen der Holmesschen Abenteuer. Diese Tradition setzt spätestens mit der 1893 erschienenen Parodie »The Late Sherlock Holmes« ein, in der J. M. Barrie – Schöpfer des Peter Pan und ein Freund Doyles – Watson und Doyle als die mutmaßlichen Mörder von Sherlock Holmes auftreten ließ. Sie reicht über Mark Twains »A Doublebarreled Detective Story« (1902) bis zu den ersten deutschen, recht kruden Holmes-Nachahmungen, die 1907 im Berliner Verlagshaus für Volksliteratur und Kunst erschienen, und erreichte einen aufsehenerregenden Höhepunkt spätestens 1908, als Maurice Leblanc seinen Meisterdieb Arsène Lupin gegen einen gewissen ›Herlock Sholmes‹ antreten und gewinnen ließ. Die Holmes-Begeisterung veranlaßte die Kölnische Zeitung 1908 jedenfalls zu der vielsagenden Beschwerde: »Der Sherlockismus ist eine literarische Krankheit, ähnlich der Werthermanie und dem romantischen Byronismus.«

Nach dem Tod Doyles verbreiterte sich der Strom des literarischen Sherlockismus noch. Zu dieser Schule gehört auch Henry F. Heard mit »Die Honigfalle«. Einerseits konnte Heard die Kenntnis der Holmes-Tradition nicht bei all seinen Lesern voraussetzen, so daß er auf konkrete Hinweise nicht verzichten mochte, andererseits ermöglichte dieses Einstreuen von Hinweisen ein subtiles Spiel mit dem Leser: Ein wesentlicher Reiz des Romans entfaltete sich also auf der Ebene, die den Roman zu einem ›Holmesianum‹ macht. Und schließlich setzte Heard, indem er sich jede ausdrückliche Nennung des berühmten Namens versagte, dem Charakter seiner Erzählfigur und der Geschichte das I-Tüpfelchen auf. Die Ignoranz Silchesters, Ergebnis seiner Egozentrik, welche dem Roman sein unverwechselbares Gepräge gibt, ist ein überaus reizvolles eigenständiges Motiv des Romans. Silchester ist zu ich-bezogen, um den Namen des Meisterdetektivs kennen zu können, und ›Mr. Mycroft‹ ist zum ersten und einzigen Male ratlos, ja verblüfft. Den Erzähler aber werden wegen dieser Ignoranz die Ereignisse nie mehr zur Ruhe kommen lassen. Denn wäre er sich bewußt, wem er sich gegenüber sah, hätte er sich sicher fühlen können.

Freddie Francis drehte 1966 nach Motiven aus diesem Roman den Film »Die tödlichen Bienen«. Das Drehbuch schrieben Robert Bloch und Anthony Marriot.

Imke Commichau

DuMont's Kriminal-Bibliothek

Band 1001	Charlotte MacLeod	**»Schlaf in himmlischer Ruh'«**
Band 1002	John Dickson Carr	**Tod im Hexenwinkel**
Band 1003	Phoebe Atwood Taylor	**Kraft seines Wortes**
Band 1004	Mary Roberts Rinehart	**Die Wendeltreppe**
Band 1005	Hampton Stone	**Tod am Ententeich**
Band 1006	S.S. van Dine	**Der Mordfall Bischof**
Band 1007	Charlotte MacLeod	**». . . freu dich des Lebens«**
Band 1008	Ellery Queen	**Der mysteriöse Zylinder**
Band 1009	Henry Fitzgerald Heard	**Die Honigfalle**
Band 1010	Phoebe Atwood Taylor	**Ein Jegliches hat seine Zeit**
Band 1011	Mary Roberts Rinehart	**Der große Fehler**
Band 1012	Charlotte MacLeod	**Die Familiengruft**
Band 1013	Josephine Tey	**Der singende Sand**
Band 1014	John Dickson Carr	**Der Tote im Tower**
Band 1015	Gypsy Rose Lee	**Der Varieté-Mörder**
Band 1016	Anne Perry	**Der Würger von der Cater Street**
Band 1017	Ellery Queen	**Sherlock Holmes und Jack the Ripper**
Band 1018	John Dickson Carr	**Die schottische Selbstmord-Serie**
Band 1019	Charlotte MacLeod	**»Über Stock und Runenstein«**
Band 1020	Mary Roberts Rinehart	**Das Album**
Band 1021	Phoebe Atwood Taylor	**Wie ein Stich durchs Herz**
Band 1022	Charlotte MacLeod	**Der Rauchsalon**
Band 1023	Henry Fitzgerald Heard	**Anlage: Freiumschlag**

Band 1019

Charlotte MacLeod

»Über Stock und Runenstein«

Dieses ist der dritte Roman aus der ›Balaclava‹-Reihe, in dem Peter Shandy, Professor für Botanik am Balaclava Agricultural College und Detektiv aus Leidenschaft, mit analytischem Denkvermögen ein Verbrechen aufklärt.
Der Knecht Spurge Lumpkin wird von der Besitzerin der Horsefall-Farm, Miss Hilda Horsefall, tot aufgefunden. Für die Polizei ist der Fall klar: ein tragischer Unfall. Peter Shandy aber kommen bald die ersten Zweifel, und als ein Kollege und ein junger neugieriger Reporter ebenfalls fast die Opfer mysteriöser Unfälle werden, sieht er sein Mißtrauen bestätigt.

Band 1021

Phoebe Atwood Taylor

Wie ein Stich durchs Herz

Wenn sich die Mitarbeiterin eines illegalen Buchmachers, ein Gelegenheitsdieb, der Polizist werden möchte, und ein Lehrer für englische Literatur, der nicht nur gerne Shakespeare zitiert, sondern auch dem berühmten Dichter täuschend ähnlich sieht, mitten in der Nacht in einer schlechtbeleumdeten Gegend kennenlernen, darf man sich eigentlich über nichts mehr wundern. So nimmt es Mr. Leonidas Witherall mit Gelassenheit hin, daß man nach einem Treffen in seiner früheren Schule gleich zweimal versucht, ihn zu überfahren. Erstaunter ist er schon, daß einer der Attentäter sein ehemaliger Schüler Bennington Brett ist. Aber erst, als er diesen tot mit einem Tranchiermesser in der Brust entdeckt, fängt er an, sich ernsthaft Gedanken zu machen.

Band 1022

Charlotte MacLeod

Der Rauchsalon

Für eine Lady aus der Bostoner Oberschicht ist es auf jeden Fall unpassend, ihr Privathaus in eine Familienpension umzuwandeln, um ihren Lebensunterhalt zu verdienen. So ist der Familienclan der Kellings entsetzt, als die junge Sarah, die gerade auf tragische Weise Witwe geworden ist, ankündigt, sie werde Zimmer vermieten. Doch selbst die konservativen, stets die Form wahrenden Kellings ahnen nicht, daß Sarahs neue Beschäftigung riskanter ist, als man annehmen sollte – mit den Mietern, sämtlich respektable Mitglieder der Bostoner Oberschicht, hält auch der Tod Einzug in das vornehme Haus auf Bacon Hill ...
Kein Wunder, daß die junge Frau froh ist, daß ihr der Detektiv Max Bittersohn beisteht, der mehr als ein berufliches Interesse daran hat, daß wieder Ruhe und Ordnung in das Leben von Sarah Kelling einkehren.